맹랑 선생, 그는 광대였다

상상 | 想像
서사 | 敍事
01

맹랑 선생, 그는 광대였다

송항룡

성균관대학교
출판부

『맹랑 선생, 그는 광대였다』라는 이 글은 줄이 끊겨 산산이 흩어진 쓸모없는 구슬을 아쉬운 마음에서 주워본 것이라고나 할까. 부서진 영혼의 조각들을 집어 올려본 것이다.

그러나 이 어설픈 글이 나오기까지 긴 세월이 흘렀다. 1987년 『무하유지향의 사람들』이라는 산문집을 내면서 "무하공(無何公)", "현주(玄珠)", "상망(象罔)"이라는 인물들을 생각하는 데서 시작한 글은, 1991년에 『맹랑하게 살아간 사람들』이라는 책으로 이어졌다. 그 뒤 1998년에 『맹랑 선생전』, 2003년에 『남화원의 향연』, 그리고 2011년에 『노자가 부른 노래』까지 이어졌다.

이 다섯 권의 책은 모두 산문집에 지나지 않는다. 그러나 방황하는 영혼들의 행각, 광대로 살아가는 인간들의 모습과 마음을 담아낸 것이며, 그 내용들을 토대로 흩어졌던 생각들을 한데 모아본 것이 바로 이 책이라 할 수 있다.

인간은 그렇게 위대한 존재가 아니다. 역사를 가지고 문화생

활을 누리고 있다고는 하나, 오히려 그러한 것이 인간을 거짓과 허상 속에 살도록 만들고 있다. 과학이 몰고 온 기계문명이 그렇고, 지혜와 지식은 인공지능(AI)과 유전자(DNA) 조작 등 생명의 간섭에까지 이르고 있다.

사물에서 수(數)의 개념을 분리하지 않았다면, 기억을 저장해 허상을 만들어내는 문자와 서책이 없었다면, 인간은 있는 대로의 현존적 사실과 함께할 뿐, 광대 노릇을 하는 일은 없었을 것이다. 진실만으로 존재할 수 있었을 것이다.

그러나 먹물을 먹은 후부터 인간은 사실을 떠나 지식의 굴레를 쓰고 광대의 길을 걷지 않을 수 없었다.

2017년 가을
송항룡 記

1부

맹랑 선생전

맹랑 선생

사람들은 맹랑 선생을
쓸모없는 사람이라고 하였다

"사람들은 맹랑 선생을 쓸모없는 사람이라고 하였다."

맹랑 선생의 성은 맹이고 이름은 랑이었다. 무하공(無何公)은
별호였다.

맹랑 선생의 뱃속에는 만권의 서적이 들어 있었다. 그는 그만
큼 많은 학식을 가진 사람이요, 학자요, 한때는 대학 강단에서
학생들과 사념의 세계를 넘나들면서 인간이 추구하는 모든 것
들, 이른바 진리와 정의와 선과 미의 문제들, 그리고 그러한 것
의 원리와 본질을 분명히 하여 인식체계 안에 들어가도록 열정
을 쏟아 부었다.

그때 그의 철학 강의는 제자들의 마음과 영혼까지 움직였고,

자신도 그 안다는 것에 대한 믿음이 분명하고 확실하였다. 진리에 대한 그의 믿음과 확신은 흔들림이 없었다. 그러한 신념 속에 그의 지식은 한없이 확충되어갔고, 또한 누구나 인정할 수 있도록 보편타당성의 기반을 확보함으로써 앎의 정당성, 심지어는 도덕적 덕목이 지니는 선의 문제까지도 그 실재를 증명하는 데 그는 자신이 있었다. 말하자면 지적 오만 속에서 살고 있었다.

맹랑 선생은 자기가 알고 있는 모든 것을, 아니 그 이상의 지식을 부풀려 학생들에게 강의를 하였다. 그는 자신이 있었고 아는 것은 확실하였다. 그리고 그것을 표현하고 전달하는 언어의 구사력도 뛰어났으므로, 그의 강의는 대단한 인기를 얻었다.

강의실에 들어서면 그곳을 가득 메운 젊은이들의 눈망울 속에서 선망과 존경의 마음을 읽을 수 있었으므로, 그는 더욱 열정을 쏟았고, 때로는 자신이 미처 생각하지 못했던 것까지 이야기하게 되는 경우도 있었다. 그러기 위하여 그는 밤새워 강의 준비와 연구에 빠져들기도 하였다.

그의 명성은 날로 높아갔고, 강의 내용을 책으로 발간하는 등의 연구 업적도 쌓여갔으므로, 학계의 인정은 물론 사회적 명성도 얻을 수 있었다.

그러나 그 모든 것이 무너지던 날, 맹랑 선생은 학생들에게 다음과 같은 말을 남기고는 강단을 떠났다.

"아무것도, 나는 실로 아무것도 아는 것이 없노라. 더는 광대 노릇을 할 자신이 없노라."

그러고는 긴 여행을 하고 돌아왔다. 돌아오던 날 선생은 서재로 들어가 지금까지 써온 저서와 모든 원고를 들고 마당으로 나왔다. 그리고 불을 질렀다. 마당에는 하루 종일 연기가 피어올랐다. 그의 저서와 원고는 그만큼 많았다. 그러나 선생은 원고만을 태우고 있었던 것이 아니었다. 영혼까지 태우고 있었다.

이후 사람들은 그를 쓸모없는 사람이라고 하였다.

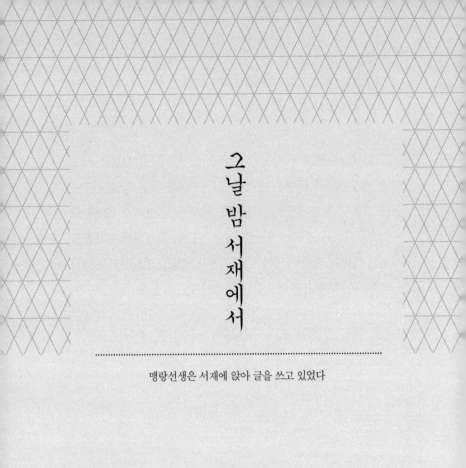

그 날 밤 서재에서

맹랑선생은 서재에 앉아 글을 쓰고 있었다

한밤 1

❖

맹랑 선생은 서재에 앉아 '진리'에 관한 글을 쓰고 있었다. 그 글 속에 자신이 알고 있는 모든 것을 담으려 하였다. 그리고 담을 수 있으리라고 생각하였다.

"진리는 누구에게나 옳은 것이다."

그는 글을 이렇게 시작하였다. 그러나 그것을 지우고 다음과 같이 썼다.

"진리는 시간과 공간을 초월하여 변하지 않고 있는 존재다."

그러나 그것도 마음에 들지 않았다. 마음에 들지 않았다기보다 그것은 전혀 진리를 말하고 있는 것이 아니라는 생각이 들었다. 그리하여 다시 지우고,

"진리는…"

하고 다시 서두를 고쳐 잡았다. 그러나 더 말을 잇지 못하고 꼬박 사흘 밤을 지새우며 앉아 있었다. 촉 낮은 전등 하나가 천정에 매달려 있었다. 그 밖의 전등은 탁상 위의 것마저도 끈 채 앉아 있었다. 천정에 닿도록 서가에 꽂혀 있는 많은 책들이 희미한 불빛 속에 괴물처럼 다가와 그의 영혼을 무섭게 짓눌러 오고 있었다.

맹랑 선생은 소파로 옮겨 앉아 혼자 중얼거렸다.

"저 많은 책들을 읽고 나는 지금 무엇을 알고 있는가? 책 속에서 얻은 것이 무엇이란 말인가?"

그는 답답한 듯 일어나 잠시 서성거리다가 다시 앉았다.

"알고 있는 것이 무엇이란 말인가, 나는 무엇을 알고 있단 말인가?"

그는 계속 이렇게 중얼거렸다.

맹랑 선생은 평생을 책 속에 묻혀 학문 연구에만 매달려 살아왔다. 그러나 그동안 그가 붙들고 온 것은 모두가 허상이요, 지식은 그 허상을 장식하고 꾸미는 데 불과하였다는 생각에 빠져들고 있었다. 그가 찾고 있는 진리는 어디에도 들어 있지 않았고, 무엇을 진리라고 하는지도 지금에 와서는 알 수가 없었다. 그가 주장하는 많은 이론과 학설들 그리고 모든 존재 사실을 설명할 수 있다고 믿었던 근원, 원리, 법칙, 이치 그리고 형이상학적 개념들은 모두 지식을 위장하는 데 필요한 것이었을 뿐, 아무것도 사실을 증명해주고 있지 않았다. 그 속에는 아무런 진실도 들어 있지 않았다. 그리고 최고의 가치라고 여겨졌던 도덕적 선이나 예술에서 추구하고 있는 미도 공허한 허상에 지나지 않았다. 진실은 사실 속에 있는 것이요, 사실은 이성 안으로 들어와 지식으로 있는 것이 아니다.

'아! 나는 그 허상을 붙들고 청춘을 모두 허비해버리지 않았던가? 그 많은 세월 한 번밖에 없는 소중한 인생을 헛되이 다 흘려보내고 지금에 와서야 그것을 깨닫게 되다니, 저 많은 책들이 내게 무엇을 가져다주었단 말인가, 그 속에서 찾은 것이 도대체 무엇이란 말인가?'

모든 것이 일시에 무너져 내리고 있었다. 참담하고 허망하기 이를 데 없었다. 그는 다시 일어나 서성거리다가 앉았다. 책꽂이에는 그의 저서들도 여러 권 있었고 아직 출간하지 않은 묵은 원고들이 한쪽에 흉물처럼 수북이 쌓여 있었다.

'저것들이 지금까지 해왔던 내 광대놀음의 결과물이란 말인가, 그 속에 나는 무엇을 담아놓고 우쭐해하고 있었단 말인가?'

진리와는 애당초부터 상관없는 것들이요, 그 속에는 아무런 진실도 들어 있지 않았다.

'나는 허수아비들과 광대놀음을 하고 있었는가? 아무런 영혼도 생명도 없는 허수아비들…'

맹랑 선생은 영혼이 밑바닥에서부터 망가져 내리면서 점점 더 어지럽고 혼란스러워졌다. 그의 뱃속에 들어 있던 만권 서적이 모두 허깨비가 되어 빠져나가고 있었다.

'아! 실로 나는 아무것도 아는 것이 없구나!'

벽에 걸린 괘종시계가 자정을 알리고 있었다. 그때 서가에 꽂혀 있는 책들이 조금씩 흔들리더니 스멀스멀 벌레 같은 것들이 책갈피 속에서 기어 나왔다. 벌레들은 계속 기어 나왔다. 책갈피마다 고물거리며 끝없이 기어 나왔다. 그놈들은 딱정벌레도 바퀴벌레도 아닌 처음 보는 이상하게 생긴 벌레들이었다. 검은 색깔의 이 흉물스러운 벌레들은 금세 방안을 가득 메웠다. 놈들은 맹랑 선생의 몸으로 기어오르지는 않았지만, 그의 영혼을 갉아먹고 있는 것이 틀림없었다. 맹랑 선생은 의식이 가물거리며 모든 사고 기능이 중단되고 있었다. 갑자기 갈증이 생기고 입안이 마르고 입술이 타들어갔다.

맹랑 선생은 타들어가는 입술을 혀로 축이며 말하였다.

'그러나 나는 초조하거나 불안한 마음을 가질 필요는 없지 않은가? 암, 그렇고 말고. 이미 오염된 영혼을 다 갉아먹는다고 한들 더 망가질 것은 없지 않은가? 학문으로 얻어진 지식은 영혼을 병들게 할 뿐 정말 쓸모없는 것들이야. 그것으로는 아무것도 밝혀지지 않고, 오히려 진실을 덮고, 사실에서 눈멀게 할 뿐이지. 나는 전보다 조금도 지혜로워지지 않았어. 저 많은 책들은 모두 영혼의 쓰레기일 뿐이야. 그동안 나는 그 쓰레기더미를 뒤지고 있었지. 쓰레기더미에서 무엇을 그토록 찾고 있었던 말인가?'

맹랑 선생은 정신을 가다듬으려고 애를 썼다. 그러나 아무런 실마리도 잡을 수가 없었다.

'그런데 어떻게 된 일인가? 저 벌레들은 무엇이란 말인가? 지금은 보이지 않는군. 그 많은 것들이 갑자기 어디로 모습을 감춘 것인가? 이상한 일이군. 정신도 조금 맑아지는 기분이군.'

그러나 벌레들은 없어진 것이 아니라 한쪽 구석으로 모여들고 있었다. 그리고 한 덩어리로 엉켜드는가 싶더니 갑자기 사람의 모습을 한 그림자 하나가 나타났다. 그리고 그림자는 이렇게 말하였다.

"그 많은 지식을 무(無)로 돌리고 있군. 아는 것이 아무것도 없다고 말하고 있군. 그러면 무엇인가? 모든 책들은 앎과는 상관없이 쓰여지고 있다는 것인가? 그런 이야기가 어디 있단 말인가? 학자로는 있을 수 없는 말을 하고 있군."

'이 소리는 무엇인가? 사람의 말소리가 틀림없어. 누군가 중얼거리고 있는 거야.'

맹랑 선생은 그제야 구석진 곳에 사람 하나가 서 있는 것을 발견하였다.

"그렇군. 바로 당신이었군. 지금 무어라고 웅성거리고 있었는가?"

"당신은 지식이 쓸모없는 것이라고 말하고 있더군."

사람은 구석진 곳에 유령처럼 모습을 드러낸 채 가까이 다가오지는 않고, 그 자리에서 말하고 있었다. 그 목소리에서는 친근감은커녕 차가운 기운만이 전해오고 있었다.

"지식은 나에게 아무것도 가져다준 것이 없었다네."

하고 맹랑 선생은 이 낯선 사람 앞에서 조심스럽게 말하였다.

사람은 또 이렇게 말하였다.

"책들을 쓸모없는 것이라고 하더군."

"책 속에서 얻은 것은 아무것도 없다네. 그러니 담고 있는 것은 모두 쓰레기가 아니고 무엇이겠는가?"

맹랑 선생이 이렇게 말하자 사람은 반론을 제기하듯이 말했다.

"그대의 그 많은 지식은 모두 책에서 얻은 것이 아닌가? 그래서 오늘과 같은 학자로서의 명성을 얻고 있는 것이 아닌가?"

맹랑 선생은 말했다.

"지금까지는 나도 그렇게 생각하고 있었네. 밤낮을 가리지 않고 책 속에 묻혀 지식을 쌓아온 것도 그 때문이지."

"그런데도 지식을 쓸모없는 것이라고 하는가? 책에서 얻은 것이 없다고 하는가?"

"그러나 나는 아는 것이 아무것도 없네."

맹랑 선생은 조금 전의 그 허망함 속에 다시 빠져들고 있었다. 가산을 모두 탕진해가면서 평생을 용 요리(龍料理)에 매달렸다는 사람을 생각하였다. 그도 지금 자기와 같은 허망함 속에 빠져들었을 것이라 생각하였다.

"많은 지식을 가지고도 아는 것이 없다고 말하는 사람이 있군."

낯선 사람은 맹랑 선생을 보고 한심하다는 듯이 말했다.

"지식이란 학자가 달고 다니는 한낱 장식일 뿐, 그것은 무엇 하나 진정으로 알고 있는 것이 아니라네. 꽃 한 송이 풀 한 포기도… 아니 그보다도 나는 지금 누구와 이야기를 하고 있는지를 모르겠군. 당신은 누구인가? 어떻게 이 방에 들어와 있는 것인가?"

맹랑 선생은 서재 안에 자기 말고 다른 사람이 있다는 사실을 그제야 깨닫고 놀란 듯이 말했다. 구석에 그림자처럼 서 있는 사람이 말했다.

"나 말인가? 나는 책 속에서 잠을 자고 있다가 그대가 말 상대도 없이 혼자 중얼거리고 있는 소리를 듣고 나온 것이라네."

"그러면 당신은 책갈피 속에서 나온 조금 전의 그 벌레란 말인가?"

"책갈피 속에서 나오느라고 잠시 벌레가 되었던 것뿐이라네."

하고 그 낯선 사람이 말했다.

"어떻게 그럴 수 있단 말인가? 아무튼지 당신은 사람이 아니군. 그렇지, 그 모습이 사람은 아니야. 얼굴은 얼음 조각처럼 차갑고, 몸은 어느 한구석 온기가 느껴지지 않으니 말이네. 오직 싸늘하고 소름끼칠 만큼 차가운 기운만이 전해오고 있을 뿐이야."

맹랑 선생은 다시 구석에 서 있는 그 유령 같은 사람을 바라보았다. 그러나 책갈피 속에서 나왔다는 그 그림자 같은 사람은 이렇게 말하였다.

"온기라고 했는가? 그것은 흥분하거나 감동하는 데서 생기는 것이지. 내게는 그런 감정 같은 것은 없네. 보고서 느끼거나 듣고서 감동하는 일 따위가 없지. 그런 것들은 모두 생각하고 판단하는 데 오류를 불러일으키는 것들이라네."

"그러면 당신은 사실에는 관심이 없겠군."

하고 맹랑 선생은 말했다. 그러자 사람은 다시 말하였다.

"무오류에서 참된 앎은 이루어지는 것이지. 오류는 사실을 왜곡하고 있는 것이라네. 오류 없는 앎이 사실이지."

맹랑 선생이 말했다.

"그러나 그 앎은 모두 허상에 대한 앎이네. 그 앎에는 아무런 진실도 들어 있지 않아. 무오류에서 오는 참된 앎일지는 모르나 사실을 아는 것은 아니네. 사실이 아닌 허상을 아는 앎이네. 거짓된 앎이라고도 할 수 있겠지."

"지금 거짓된 앎이라고 했는가?"

하고 그 그림자 같은 사람은 이렇게 말했다.

"허상을 아는 것은 참된 앎이 아니지 않은가?"

"모든 앎은 판단에서 이루어지는 것이네."

"그야 그렇지. 판단하지 않고는 앎을 내세울 수는 없겠지."

"그 판단에 오류가 없다면 참 앎이 되는 것이네. 그리고 그 앎의 내용이 다름 아닌 사실이지. 앎을 떠나 달리 사실을 말할 수 있겠는가? 그러나 느낌과 감동하는 것 따위로는 그러한 무오류의 판단을 가져올 수가 없네. 오직 싸늘한 이성의 기능만이 그것을 가능하게 하는 것일세."

"나도 지금까지는 그렇게 생각하고 살아왔네. 그리하여 오류 없는 판단과 이론을 이끌어내는 데 신명을 다 바쳐왔지."

"그것이 당신을 큰 학자로 오늘에 이르게 한 것이 아니겠는가?"

맹랑 선생은 잠시 말이 없었다. 그러다가 이렇게 말했다.

"그러나 나는 지금 아는 것이 아무것도 없다는 사실에 봉착하고 있다네."

그러자 그 그림자 같은 사람은 말했다.

"그 말은 그대가 해온 학문에 모두 오류가 있었다는 것을 지금에 와서 발견했다는 것인가?"

맹랑 선생이 말했다.

"오류는 없었네. 그러나 내가 알고 있는 그 어떤 것에도 사실은 담겨 있지 않았다는 것이네. 사실만이 진실을 말하고 있는 것이거든."

"참 앎은 무오류에서 확보되는 것이네. 그리고 그 참 앎 속에 진실이 있는 것이네."

맹랑 선생은 다시 말하였다.

"당신은 지금 허상에서 진실을 말하고 있는 것이네."

"진리가 허상으로 있는 것이란 말인가?"

맹랑 선생이 말했다.

"그냥 앎으로서만 있는 것이라고 보네."

"선과 미도 그러한가?"

"그것 또한 책 속에 앎으로서 개념으로만 있는 것이지."

"그러나 모든 것이 책 속에 있다는 것은 인정한다는 말이군."

"그렇다네. 알고 있는 것은 모두 책 속에 있는 것이라네."

그러자 그림자 사람은 다음과 같이 말했다.

"책 속에 모든 것이 들어 있다는 것을 그대는 알고 있군. 그렇다면 그것으로 됐네. 그밖에 무엇이 있어 찾는단 말인가? 나는 이제 이 방에 더 머물러 있지 않아도 되겠군. 모든 것이 있는 세계로 다시 들어가야겠네. 그것이 사실의 세계이든 허상의 세계이든 무슨 상관이란 말인가?"

"그렇다면 당신은…"

그러나 맹랑 선생이 말을 끝내기도 전에 그 사람 형태의 그림자는 다시 여러 마리의 딱정벌레로 흩어지면서 책갈피 속으로 사라졌다.

"이상한 일이군, 이상한 일이로군."

맹랑 선생은 지금까지 누구와 이야기를 하고 있었는지 모를 몽롱한 상태에 빠져들고 있었다. 그러나 그 벌레들은 활자들이 살아나온 책의 혼령이라는 생각과 함께 무서운 악령으로 엄습해 오고 있었다.

한밤 2

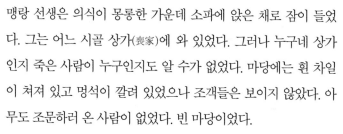

맹랑 선생은 의식이 몽롱한 가운데 소파에 앉은 채로 잠이 들었다. 그는 어느 시골 상가(喪家)에 와 있었다. 그러나 누구네 상가인지 죽은 사람이 누구인지도 알 수가 없었다. 마당에는 흰 차일이 쳐져 있고 멍석이 깔려 있었으나 조객들은 보이지 않았다. 아무도 조문하러 온 사람이 없었다. 빈 마당이었다.

맹랑 선생은 빈 마당을 지나 상청(喪廳)으로 올라갔다. 상청에는 아무것도 차려져 있지 않았고, 마루 한복판에 그저 관만 하나 댕그라니 놓여 있을 뿐이었다. 촛불도 켜 있지 않았고, 병풍이나 향불도 없었다.

그러나 관 앞에는 상주로 보이는 건장한 두 사람이 두건도 쓰지 않은 채 앉아 있었다. 모르는 사람이었다. 맹랑 선생은 곡을 하려고 관 앞으로 다가갔으나 그들은 일어나기는커녕 쳐다보지도 않았다. 그러다가 갑자기 일어나더니 관을 들고는 마루 뒤쪽으로 나 있는 문밖으로 나갔다. 맹랑 선생은 그들을 따라 나갔다. 뜻밖에도 뒷문 밖은 마당이 아니라 넓은 초원이 이어져 있었다. 그리고 그 초원에는 많은 사람들이 끝도 없이 모여 서 있었다. 그들은 군데군데 먹물로 더럽혀진 이상한 옷들을 입고 있었다.

'저들이 모두 조문객들이란 말인가?'

그러나 아무리 보아도 조문객들은 아니었고, 표정 없는 사람들이 서서 무엇인가를 기다리고 있는 것 같았다. 방금 관을 들고 나온 사람들을 찾아보았으나 보이지 않고, 느닷없이 검은 옷차림의 세 사람이 군중 속으로 걸어가고 있었다.

맹랑 선생은 더 따라가지 못하고 세 사람이 걸어가고 있는 것을 바라보고만 있었다. 검은 옷차림의 세 사람은 한참을 걸어가다가 군중 속으로 녹아들어가듯 모습을 감추며 사라졌다. 그러자 그 많던 사람들이 스멀스멀 사방으로 흩어지더니 땅 속으로 잦아들 듯이 사라졌다.

맹랑 선생은 다시 상청 안으로 들어왔다. 그런데 이상한 일이었다. 대청마루에는 조금 전에 들고 나간 관이 그대로 놓여 있었고, 그 옆에 두 개의 관이 더 놓여 있었다. 들여다보니 세 개의 관에는 죽은 사람들의 이름이 쓰여 있었다.

副墨之柩

洛誦之柩

聶許之柩

부묵과 낙송 그리고 섭허는 모두 전설로 전해오는 책과 관련된 신들의 이름이었다. 부묵은 늘 책을 수레에 한가득 싣고서 끌고 다니는 사람이요, 낙송은 낭랑한 목소리로 책을 암송하고 다니는 사람이요, 섭허는 글 읽는 소리만 듣고도 책의 내용을 모두 아는 사람이었다.

'조금 전에 군중 속으로 걸어 들어가던 세 사람이 이들 서책의 신들이었단 말인가? 그리고 뒷문 밖 사람들은 모두 활자의 혼령들이란 말인가?'

맹랑 선생은 천정을 올려다보았다. 휑하니 뚫린 채 하늘이 올려다보였다. 별들이 선명하게 보이는 밤하늘이었다. 상청 안은 한낮이고, 차일이 쳐진 마당에는 햇살마저 내리쬐고 있었다.

'낮과 밤이 함께 있을 수도 있는 것인가?

맹랑 선생은 이렇게 중얼거렸다.

'이것은 책 속에서는 있을 수 없는 눈앞의 현실이야.'

맹랑 선생은 또 한 번 중얼거렸다.

그때 갑자기 세 개의 관이 심하게 흔들리면서 킬킬거리는 소리가 들려왔다. 그러더니 곧이어 책의 신들이 사람이 되어 관 뚜껑을 열고 나왔다.

"밤이 있는 것도 현실이요, 낮이 있는 것도 현실이라네."

관에서 맨 처음에 나온 사람이 말하였다.

"책 속에는 밤도 있고, 책 속에는 낮도 있지."

다음으로 관에서 나온 사람이 말했다.

"책에 없는 현실이 어떻게 있겠는가? 선과 악을 말하면 선악은 함께 있고, 유와 무를 말하면 유무도 함께 있는 것이거늘 밤과 낮이 왜 함께 있지 못하겠는가?"

마지막으로 관에서 나온 사람은 이렇게 말하였다.

맹랑 선생은 세 사람의 얼굴을 바라보았다. 이마에 '墨' 자를 새기고 있는 사람은 부묵이요, '耳' 자를 새기고 있는 사람은 섭허요, '甬' 자를 새기고 있는 사람은 낙송이라는 것을 알았다.

"그대들이 현실을 말하는가? 책 밖에 있는 사실을 안다는 말인가?"

하고 맹랑 선생은 그들을 향해 이렇게 물었다.

그러자 부묵이 말했다.

"말로 있는 것이 사실이요, 알고 있는 것이 현실이라네."

섭허가 말했다.

"나무라는 말이 있어 나무가 있는 것이요, 꽃이라는 말이 있어 꽃이 있는 것이라네."

낙송이 말했다.

"말로서 사실이 있고 그 사실을 아는 것이 현실인데, 그밖에 무엇이 있어 사실이라 하고 현실이라 하는 것인가?"

맹랑 선생은 다시 무슨 말을 물으려고 하였다. 그런데 갑자기 천장 안으로 밤하늘이 쏟아져 내려왔다. 금세 상청 안의 마루 전체가 어둠 속으로 빠져들면서 아무것도 보이지 않았다. 세 사람의 모습도 보이지 않았다.

"여보게들, 여보게들!"

맹랑 선생은 물어볼 말이 있었으므로 책의 신들이 아직도 어둠 속에 있는지 확인하려고 애를 썼다. 그러나 어둠 속에서는 아무런 반응이 없었다.

"여보게들 아직도 거기에 그대로 있는 것인가?"

어둠 속에서는 계속 반응이 없었다. 맹랑 선생이 그들이 있는가를 확인하려고 팔을 벌려 어둠 속을 더듬으려는데, 갑자기 천지가 무너지는 굉음소리가 들려왔다.

맹랑 선생은 깜짝 놀라 눈을 떴다. 벽에 걸린 괘종시계가 떨어져 산산이 부서진 채로 방바닥에 흩어져 있었다. 시간을 가리키던 두 개의 바늘은 빠져나와 시간과는 상관없는 자리에 가 있었다. 하나는 의자 밑에 하나는 건너편 서가 있는 데로 떨어져나가 누워 있었다. 자판(字板)은 몸체에서 떨어져 나와 멀리 굴러가 엎어져 있었다.

'음, 그렇군. 방금 그 소리는 시간이 깨어지는 소리였군.'

맹랑 선생은 아직도 잠에서 덜 깬 듯 이렇게 중얼거렸다. 그러나 분명 그것은 시간이 깨지는 소리였다. 시계가 깨지는 소리가 그렇게 클 수는 없는 일이었다.

'그렇지만 이상한 일이군. 시간이 깨질 수도 있는 것인가?'

그는 또 한 번 이렇게 중얼거렸다.

맹랑 선생은 천정을 올려다보았다. 초저녁에 켜놓은 희미한 전등이 서재 안을 그대로 비춰주고 있었다. 서가의 책들도 그대로 꽂혀 있었다. 책상 위에 쓰다만 원고도 그대로 놓여 있었다. 상가의 상청이 아니었다. 언제나 그대로인 그의 서재였다.

창밖이 밝아오고 있었다. 서재 안은 낮도 아니고 밤도 아닌 회색빛으로 변하고 있었다.

'이 회색은 무엇이란 말인가?'

맹랑 선생은 이렇게 중얼거리며 그대로 앉아 있었다. 모든 것이 무너지고 있었다. 혼돈으로 빠져들고 있었다.

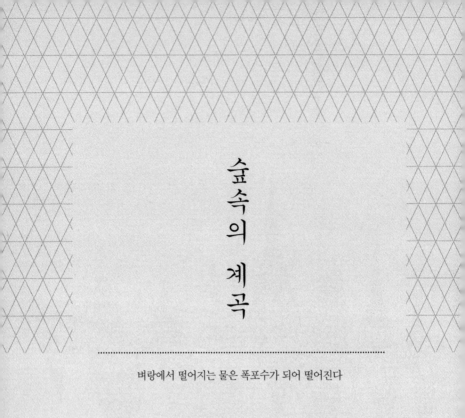

숲 속의 계곡

벼랑에서 떨어지는 물은 폭포수가 되어 떨어진다

자연의 노래

신녀 곡신

계곡의 여신이
숲속에서 나와
두 다리를 벌리고 앉아
방뇨를 한다

쏴아…
노송이 뿌리째 흔들리고
바위가 들먹이고
지축이 울린다

그녀의 오줌발은 그렇게 세찼다

현빈(玄牝)에서
나오는 물은
계곡 물로 흐르다가
벼랑을 만나
폭포수로 떨어진다

물이 흐른다
강이 되어
들판으로 흐른다

생명

신녀의 자궁이 열린다
생명이 나온다
만물이 숨을 쉰다
그 숨결이 천지에 가득하다

들판은
초록으로 넘실거린다

초록은 생명이다
생명으로 넘실거린다

하늘에는
솔개가 날고
물에서는
물고기가 뛰어오른다
가재가 계곡을 따라 기어오르고
사슴이 산등성이를 넘는다

나무에 움이 돋고
가지마다 꽃망울을 매단다
풀잎은 이슬을 머금고
떨어지는 물방울을
당랑이 받아먹는다

환희

푸른 초원에는
멀리 아지랑이 야마가 달리고
티끌 홍몽이 엉덩이를 까발리고

볼기짝을 두들기며 굴러간다

물안개 순망이
소복 차림으로 춤을 추고
산들바람 원풍(苑風)이
그녀의 치마폭을 들치며 지나간다
초원의 동자들이다

신녀가
그들 한복판으로 들어서며
춤을 춘다
푸른 풀밭에 환희가 가득하다

폭포와 물안개

❖

벼랑에서 떨어지는 물이 폭포수가 되어 쏟아진다. 물안개를
일으키며 계곡을 흐르고 있다.

맹랑 선생은 물 한복판에 솟아오른 바위에 앉아 쏟아져 내리
는 폭포의 물줄기를 올려다보고 있었다. 물줄기는 세차게 아래
로 떨어졌다. 떨어진 물은 아래에서 잠시 머물러 소(沼)를 이루
었다가 다시 흘러갔다.

맹랑 선생은 초췌한 모습이었다. 잠을 이루지 못하고 며칠을
암자에서 지내다가 밖을 나와 계곡에 이른 것이었다. 그가 묵고
있는 곳은 무상암(無常庵)으로 무량사(無量寺)에 속해 있는 작은
암자였다. 산신각에서도 한참 올라가 외진 곳에 떨어져 있는 이
작은 암자는 방장으로 있던 노스님이 물러나 홀로 기거하던 곳

이었으며, 일 년 전에 입적한 이후 줄곧 비어 있었다. 열 살 남짓한 동자승 하나가 수발을 들며 드나들 뿐, 맹랑 선생은 이곳에 기거하면서 아무도 만나지 않은 채 방에만 있었다. 오늘 처음 밖으로 나와 계곡을 찾은 것이었다. 동자승의 말로는 곡신(谷神)이 그 계곡을 관장하고 있어 부정한 짓을 하거나 나쁜 마음을 먹고 폭포 근처에 가면 벌을 받는다고 하였다.

계곡의 여신을 신녀(神女), 현빈(玄牝)이라고 한다고 하였다. 현빈은 자연의 신으로 곡신을 말하는 것이기도 하고, 곡신의 자궁을 말하는 것이기도 하였다.

맹랑 선생은 쏟아지는 폭포의 물줄기를 올려다보았다. 높은 벼랑에서 떨어지는 물줄기는 엄청난 소리와 함께 모든 번뇌 망상을 걷어가는 듯했다. 계곡 전체를 장엄하고도 엄숙하게 만들고 있었다. 동자승의 말이 아니라도 사악하고 부정한 마음은 품을 수도 없었다.

손으로 물 한 모금을 떠서 마셨다. 얼음처럼 차가운 물이 뱃속과 창자까지 다 씻어내리 듯하였다. 그 기운이 핏줄기를 통해 살속까지 파고드는 것 같았다.

갑자기 물안개가 짙게 피어오르면서 계곡 전체가 자욱해지더니 아무것도 볼 수 없도록 시야를 가렸다. 안개 속에 소복 차림의 여인 하나가 선녀처럼 나타났다가 없어졌다. 동자승이 말하던 계곡의 여신인 신녀 곡신이 틀림없었다. 여인이 또 나타났다. 그러나 그 신녀는 곧 물안개 속으로 다시 사라졌다. 그리고 없어

진 자리에 느닷없이 동굴 하나가 보였다. 맹랑 선생은 그 동굴을
바라보았다. 그런데 어찌된 영문인지 자기도 모르는 사이에 맹
랑 선생은 그 동굴 안으로 빨려 들어가고 있었다.

아까부터 언덕에서 그 광경을 바라보고 있던 동자승이 갑자기
소리를 지르며 사찰 쪽을 향해 달려갔다.

"큰일 났어요. 사람이 물에 빠졌어요!"

조금 있으려니 건장한 스님 몇 사람이 동자승과 함께 계곡이
있는 곳으로 왔다.

"저기요, 저 바위에 사람이 앉아 있다가 물속으로 들어가서는
나오지 않았어요."

승려들은 서로 얼굴을 바라보았다. 그리고 동자승에게 눈을
돌렸다.

"정말이에요, 암자에 와 있는 그 손님이라니까요."

벼랑에서 떨어지는 물은 아래에서 잠시 소를 이루면서 머물다
가 흘러갔다. 폭포 물은 그냥 아래로 떨어지고 있었고, 그 물속에
정말 사람이 빠졌는지는 알 수가 없었다. 동자승은 울상이 되어
있었고, 함께 나온 승려들은 어안이 벙벙해져 서 있을 뿐이었다.

동굴 안의 현궁

맹랑 선생은 안개 속을 헤치고 동굴 안으로 들어섰다. 처음엔
우거진 수풀에 가려져 동굴 안이 어두웠으나 한참 들어가자 동
굴 안은 갑자기 밝아지면서 불을 환하게 밝힌 궁전 하나가 나타
났다. 현궁이었다.

현궁 앞에는 넓은 뜰이 있고, 그 외곽에 깊은 계곡이 자리해
물이 흐르고 있었다.

뜰을 지나 궁 안으로 들어갔다. 찬란하게 꾸민 화려한 방이 나
타났다. 창에는 오색 구슬들이 꿰어진 주렴이 드리워져 있었고,
바닥엔 붉은 융단이 깔려 있었다. 그리고 벽은 모두 잿빛 회색이
었다. 그러나 창이 없는 벽 하나에는 발가벗은 아이들로 가득한
백동자상의 그림이 걸려 있었다.

어디선가 짙은 향기가 스며들어왔다. 그 향기가 근육과 뼈마디 온 삭신을 녹아내리게 하였다. 주렴을 들추며 창문을 통해 들어오는 바람이 향기를 더욱 깊게 만들고 있었다. 창밖은 어두웠다. 그 어둠 속에서 향기는 들어오고 있었다.

맹랑 선생은 한쪽에 놓여 있는 화장대를 바라보았다. 거울이 얇은 망사로 된 휘장을 비추고 있었다. 돌아보니 그곳은 침실인 것 같았다. 망사로 된 얇은 휘장은 무엇을 가리려고 드리워진 것이 아니었다. 그러나 어두워서 침실 안은 들여다보이지 않았다. 휘장 밖에는 방금 벗어놓은 듯한 여인의 옷이 놓여 있었다. 그것은 마치 매미가 허물을 벗은 듯 몸만 빠져나간 듯한 모습이었다. 그 옆에 검은 구슬 하나가 찬란한 광채를 내뿜고 있었다. 휘장 안 침실은 여전히 어두워 들여다보이지 않았다.

벽에 걸려 있는 백동자상의 그림을 바라보았다. 그림 속의 사람들은 어른처럼 보이는 사람도 있었으나 얼굴은 모두 어린 동자의 모습을 가지고 있었다. 춤을 추는 아이, 차를 끓이고 있는 아이, 물을 그릇에 담아 들고 서 있는 아이, 물을 길어오고 있는 아이, 그냥 서 있는 아이, 걸어가는 아이, 옹기종기 쪼그려 앉아 고누를 두고 있는 아이, 나무 그늘에 누워 있는 아이, 잠을 자는 아이, 정자에서 바둑을 두고 있는 아이, 거문고를 뜯고 있는 아이, 풀밭에서 꽃을 따는 아이, 막대기로 웅덩이를 휘젓고 있는 아이, 개울에서 멱을 감고 있는 아이, 고기를 잡는 아이, 강에서

는 뱃놀이를 하고 낚싯줄을 드리우고 있는 아이도 있었다. 모두
가 발가벗은 동자들이었다. 표정은 달랐으나 웃는 듯 마는 듯 모
두들 무심의 군상들이었다.

갑자기 그림 속에서 동자 하나가 튀어나왔다.

"너는 아는 것이 많은 사람이로군."

또 한 동자가 나오면서 말했다.

"이상한 일이군. 먹물 먹은 사람은 이곳에 올 수가 없는데."

맹랑 선생은 동자들이 하는 말을 들었으나 아무 말도 할 수가
없었다.

"킬킬킬."

"낄낄낄."

그때 망사 휘장이 드리워진 어둠 속에서 이상한 소리가 들려
왔다. 그것은 분명 남녀가 발가벗고 하나가 되어 뒹구는 상열(相
悅)의 소리였다.

잠시 후 그 소리는 그치고 휘장 안에서 사내의 목소리가 들려
왔다.

"손님이 와 있는 것 같군."

그러자 여인의 목소리가 그 말을 받았다.

"맹랑 선생이로군."

사내가 다시 말했다.

"아는 사람인가?

"나를 찾아다니는 사람이지."

"만나주어야겠군."

"소용없는 일이야. 치마끈도 풀 줄 모르는 사람이거든."

맹랑 선생은 그들을 볼 수가 없었으나 그들은 맹랑 선생을 바라보면서 말을 하고 있는 것 같았다. 여인과 사내가 말을 계속했다.

"저 얼굴에 있는 번뇌와 그림자는 무엇인가?"

"흔들리고 있는 영혼의 흔적이지."

"먹물을 먹고 영혼이 온전하기는 힘들지."

"그러나 그 먹은 먹물을 토해내기란 더욱 힘든 일이지."

"그렇군. 그 먹물을 지우기는 힘들 것 같군."

맹랑 선생은 부끄러워 더 머물러 있지를 못하고 뜰로 나왔다.

달이 휘영청 밝았다. 그는 춤을 추기 시작했다. 눈물을 흘렸다. 승무와도 같은 번뇌의 춤이었다.

그림 속의 동자들이 모두 뜰로 나와 함께 춤을 추었다.

"저 모습은 아름답군."

밖으로 나온 여인이 그들의 춤을 바라보며 말했다.

"광대의 춤이로군."

여인을 따라 나온 사내가 옆에서 이렇게 말하였다. 맹랑 선생의 춤을 두고 하는 말 같았다.

맹랑 선생은 달빛 속에 드러난 여인의 모습을 바라보았다. 아름답기 그지없었다. 아름다움 그 자체였다. 사내의 얼굴을 바라보았다. 그의 얼굴은 아무것도 읽을 수 없었다. 그러나 두 사람의 얼굴에서는 이상한 빛을 발산하고 있었다. 부처님의 후광과도 같은 황금빛이었다. 그것은 분명 진리의 빛이요, 선의 빛이요, 아름다움의 실체였다.

그러나 맹랑 선생은 다가갈 수가 없었다. 그를 피해 사라질 것만 같았기 때문이었다.

얼마 후 다시 보려고 하자 여인과 사내는 보이지 않았다. 동자들도 보이지 않았다. 지금껏 환하게 밝혀주고 있던 궁전 방안의 불들도 꺼져 있었다. 달도 없어지고 어둠만이 있을 뿐이었다.

어둠 속에서 구슬 하나가 빛을 발산하며 다가왔다. 그 빛과 함께 한 여인이 다가오고 있었다. 빛을 발산하고 있는 것은 여인의 목에 걸린 구슬이었다. 그 빛이 여인을 알아보게 하였다. 조금 전 사내와 함께 있던 그 여인이었다. 사내는 보이지 않았다.

여인은 웃고 있었다. 그 웃음이 맹랑 선생의 영혼을 사로잡고 있었다. 몸과 마음이 그 웃음 속으로 빨려 들어가고 있었다.

여인은 다가와 맹랑 선생의 손을 잡았다. 갑자기 심장이 멈추는 것 같더니, 온몸은 불덩이처럼 뜨겁게 달아올랐다. 다시 심장이 뛰기 시작하였다. 그리고 지금까지 갇혀서 억눌려 있는지조차 의식하지 않았던 감정의 씨앗들이 살아나려 하고 있었다. 그리고 그것은 폭풍처럼 거칠어지면서 그의 영혼을 흔들고 있었다.

맹랑 선생은 지금까지 감정에 의존해 판단하거나 행동해본 일이 없었다. 그 어떤 것에도 마음이 흔들리거나 감동하는 일이 없었다. 인간의 모든 오류는 그런 감동과 감정에 의존하는 데서 생겨나는 것이라고 생각하였다. 더구나 영혼은 오직 감정이 배제된 사유, 싸늘한 이성만으로 채워져야 한다고 믿고 있었다. 선악시비는 물론 진과 미에 있어서 감정으로 접근하여서는 그 실체를 파악할 수 없는 것이라고 믿고 있었다. 오직 이성에 의해서만 드러날 수 있는 것이라고 믿었다. 감정은 전혀 논리적이 아니요, 올바른 사유의 진행을 방해하는 것이라고 생각하였다. 옳은 판단은 느낌이 아닌 이성의 논리적 사유 속에서 얻어지는 것이라고 생각하고 있었다.

맹랑 선생은 지금 그런 것들이 통째로 무너지고 있었다. 사유기능이 멈추고 판단이 흐려지고 있었다. 이성은 완전히 사로잡혀 아무것도 못하는 감정의 노예가 되어가고 있었다. 그러나 감성은 이성보다는 따뜻하고 친근하고 감미롭다는 생각이 들었다. 마음은 이상한 향기와 감미로움으로 가득 채워지고 있었다.

여인은 맹랑 선생을 이끌고 마당을 벗어나 옆으로 난 깊은 계곡으로 내려갔다. 수목 사이로 드러난 달이 길을 비춰주었다. 내려오는 동안 여인은 아무 말도 하지 않았으나 따뜻한 손은 놓지 않았다. 계곡에 내려오자 여인은 돌에 앉아 흐르는 물에 발을 담갔다. 맹랑 선생은 자기도 모르는 사이에 다가가 여인의 발을 씻겨주었다. 치마를 걷어 올리자 드러난 다리와 발은 달빛 속에서도 백설처럼 희고 아름다웠다.

여인은 발을 맡긴 채 말하였다.

"발을 씻겨주니 좋군."

처음으로 내뱉는 말이었다. 그 목소리가 촉촉한 물기와 함께 맹랑 선생의 몸과 마음속으로 저며 들었다. 여인은 그날 밤 치마 끈을 풀었다.

여인과 하룻밤을 지낸 맹랑 선생은 대책 없는 사람으로 변해 갔다.

여인은 현주요, 계곡의 여신이었다.

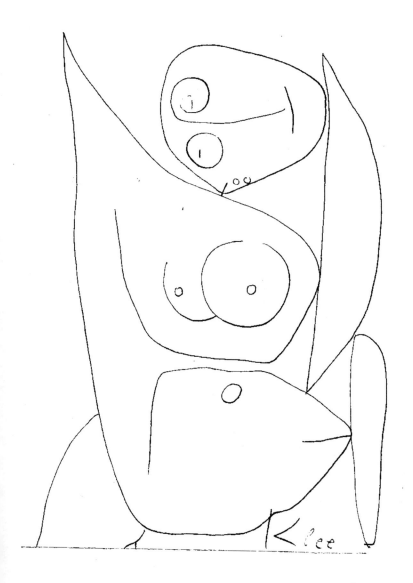

거리의 광대

광대 하나가 춤을 추며
거리를 나와 다녔다

광대의 노래

물안개 속에
동굴 하나가 있었네

동굴로 들어가니
숲이 있었고
숲을 지나니
현란한 궁전이 나타났네

신녀(神女)가 사는 현궁(玄宮)이라네

발가벗은 아이들이

노래하고 춤을 추고
여인 하나와 사내가
온몸으로 맞았으나

입은 옷 벗을 길 없어
광대는 부끄러웠네

여인 몸에서는 황금빛을 보았고
사내 얼굴에서는 잿빛을 보았네

여인이 현주인 줄 알았으나
다가갈 수 없었고
사내가 상망인 줄 알았으나
말을 붙여볼 수 없었다네

뜰로 나와 눈물을 흘렸으나
불이 꺼져 다시는 들어갈 수 없었네

온몸은 먹물로 물들고
마음은 번뇌로 가득하네
누가 먹물을 지워줄 것이며
누가 번뇌를 걷어갈 것인가

지식의 옷은 벗기 힘들고
마음의 굴레는 벗어날 길이 없어라

그 옷을 누가 입혔는가
그 굴레를 누가 씌웠는가

무하공이 눈물짓는 것은
굴레를 벗어나려 함이로다

무하공은 맹랑 선생의 그림자요
광대는 무하공의 그림자로다
님은 어디로 가고
그림자만 돌아다니는가?

그림자 없는 사람
무영인(無影人)을 찾아갔음이로다

달빛은 물속까지 휘젓건만
흔적 없이 물은 흐르고 있네

상망은 그런 사람이니
어디 가 그를 찾을 것인가

만나본들 무슨 소용 있으리
상처 입고 돌아올 뿐이라네

아름답도다 여인이여
황소 눈망울처럼 맑은 눈은
황금빛 광채를 뿜어내고

활화산의 화구(火口) 같은 입은
세상 정염을 다 쏟아내고 있었네

온몸은 처녀의 속살처럼 보드랍고
살결은 깨끗하기 빙설 같았네

그 계곡의 신녀는
물안개 속 현궁에서 만난 여인이라네

여인들의 대화

광대 하나가 춤을 추며 거리를 나다녔다. 그는 노래를 불렀다.

온몸은 먹물로 물들고
마음은 번뇌로 가득하니
어찌 영혼이 온전하겠는가?

먹물은 씻을 길이 없고
굴레는 벗어날 길이 없어라

님은 어디로 가고
그림자만 홀로 돌아다니는가?

거리의 광대

가로수 밑에서 여인들이 광대를 바라보면서 이야기를 했다.

"저 광대가 맹랑 선생이라는군."

그러자 옆의 여인이 말했다.

"소문이 사실인가보군."

또 한 여인이 말했다.

"그럼, 그 사람이 살아 있다는 거야?"

여인들은 저마다 한마디씩 하면서 광대에게서 눈을 떼지 않았다. 광대는 공원 쪽으로 걸어가고 있었다.

여인들은 이야기를 계속했다.

"그렇지 않아. 그때 폭포에서 물에 빠지는 것을 보았다는 사람도 있어. 자살을 했다는 말도 있고."

"그러나 죽지 않았을 수도 있는 거지 뭐. 그때 계곡에서 끝내 시신을 찾지 못했다 했거든."

"아무리 그렇더라도 맹랑 선생은 아니야. 그가 저런 광대로 돌아다닐 수야 없지 않겠니?"

"책 귀신이 붙었다는 거야."

"책 귀신도 있어?"

"책을 많이 읽으면 그럴 수도 있다는군."

"아무튼지 지금은 쓸모없는 사람이 된 거지, 뭐."

노동자로 보이는 사람들이 지나가면서 여인들을 힐끔힐끔 쳐다보면서 말을 했다.

"뭘 하는 여자들인데 길에서 수다를 떨고 있지?"

"술집 여인들 같은데"

"저 오리 궁둥이를 하고 있는 여자를 좀 봐. 나는 저런 여자가 좋더군."

"정말 엉덩이가 큰 여자로군. 저런 여자가 아기를 잘 낳는다는 거야."

"창녀에게서 무슨 아이 타령인가? 창녀가 아니라도 아이는 애물단지거든."

나이가 좀 들어 보이는 사내의 말이었다.

"저 사내들이 우리 이야기를 하고 있는 것 같은데"

"공사판에 나가는 노가다들이군, 뭘."

"그래도 저들이 사내 같은 데가 있지. 저 팔뚝의 근육 좀 보라지. 한 번 안겨봤으면 좋겠네."

"그냥 가버리는군. 바보 같은 것들"

그때 여인 하나가 가로수 밑으로 오면서 말했다.

"내가 조금 늦었나 보군."

그녀는 유별나게 아래위로 검은 옷을 입고 있었다. 치마가 땅에 닿도록 길었다. 그녀는 굿당의 무녀였다.

여인들은 오늘 함께 무량사를 찾아가기 위해서 만났다.

꽃가게 여인

❖

큰 건물을 짓고 있는 공사장에서 몇 명의 인부들이 일을 하고 있었다.

"꽃가게가 오늘은 문을 열지 않았군."

벽돌을 쌓고 있던 인부 하나가 길 건너편을 바라보면서 말을 했다. 그곳에는 문이 닫힌 작은 가게 하나가 보였다.

"그 꽃가게 여인도 우리처럼 그날그날을 살아가고 있는 것 같더군."

밑에서 벽돌을 올려주고 있던 또 한 사람의 인부가 꽃가게 있는 쪽은 바라보지도 않고 말을 받았다.

"자네가 그것을 어떻게 아는가?"

앞의 인부가 벽돌을 받아들면서 말을 했다.

"지난 토요일 꽃을 사러 한 번 갔었거든."

"꽃을 사러 갔었다고? 자네가 말인가?"

그는 일손을 잠시 멈추고 의외라는 듯 말을 했다.

"그날이 마누라 생일이었거든. 일을 마치고 가는 길에 잠시 들렸었지. 그냥 지나치려다가 다시 돌아와 꽃 한 송이를 샀지."

"그런 일이 있었군. 그러면 그 생일날 달랑 꽃 한 송이를 사들고 집으로 갔더란 말인가?"

인부는 다시 일을 시작하면서 말했다.

"뭐 딱히 살 것도 없고, 주머니에 돈이 있던 것도 아니었거든."

그는 조금 민망스러운 듯이 웃으면서 말했다.

"그래 꽃을 보고 마누라가 반기고 좋아하던가?"

"괜한 짓을 했지. 쳐다보지도 않더군. 그러리라고 생각은 했지만."

한 사람은 벽돌을 올려주고 한 사람은 그것을 받아 쌓으면서 말을 계속 했다.

"꽃은 아무나 사는 것이 아니야."

그날 마누라에게 당했을 친구를 생각하면서 앞의 인부가 말을 했다.

"어떤 사람이 꽃을 사가는 거지?"

차라리 꽃을 사들고 가지 않고 빈손으로 들어갔더라면 마누라가 그렇게까지 화를 내지는 않았을 거라는 생각이 들었다.

"정신 나간 사람들이 사가는 거지."

"정신 나간 사람들이라고?"

"그렇지. 그럼 멀쩡한 사람들이 곧 시들어버리고 말 꽃을 사가 지고 다니겠나? 곧장 쓰레기통에 들어가는 것들인데."

"맞는 말이야. 마누라도 그 자리에서 쓰레기통에 집어넣고 말 더군."

그날 민망했던 일을 생각하면 지금도 얼굴이 화끈 달아오르는 것 같았다.

"그러나 그런 정신 나간 사람들이 있어 저 꽃가게 여인도 살아 갈 수 있는 거지 뭐."

옆에서 모래를 섞어 시멘트를 개고 있던 또 다른 인부가 두 사 람의 말에 끼어들었다.

"듣고 보니 그렇기도 하군. 자네가 꽃가게 여인에게 좋은 일을 한 셈이로군."

"그렇지. 우리네는 모두 그렇게 위안을 하면서 살아가는 게지."

벽돌을 쌓고 있는 인부는 일손을 멈추지 않은 채 말을 했다.

"정말 정신 나간 사람이 저기 하나 지나가고 있군."

그때 광대가 건너편 문을 닫은 꽃가게 앞을 덩실덩실 춤을 추 며 지나가고 있었다. 뒤늦게 나온 꽃가게 여인이 가게 문을 열고 있는 모습이 보였다.

"나는 먹물을 먹었노라. 누가 먹물을 지워줄 것인가?"

광대가 부르는 노래 소리였다.

교회 앞

❖

대로변에 있는 교회에서 많은 사람들이 쏟아져 나오고 있었다. 낮 예배를 마치고 나오는 신도들이었다. 한 여인이 함께 가고 있는 옆의 여인에게 말을 했다.

"오늘은 목사님의 설교가 마음에 와 닿지 않더군."

옆의 여인이 말했다.

"설교가 늘 그렇지 뭐."

"교회에서는 목사의 말이 곧 하나님의 말씀이라고 하더군."

"그래. 왜 그런 말을 하는지 모르겠더군."

그러자 함께 가고 있던 또 다른 여인이 말을 했다.

"이상한 소문 때문일 거야."

"그래. 안 좋은 이야기가 있더라고."

하고 또 다른 여인이 말했다. 교회에서 나온 다른 사람들도 수군거리며 지나갔다.

대학생으로 보이는 젊은이 몇 사람이 교회 앞을 지나면서 말을 주고받았다.

"오늘이 일요일이군."

"신도가 많은 교회로군."

"목사가 꽤 유명한가 보지?"

"그런 모양이야. 요즈음 사람들은 하나님보다 목사님을 보고 교회에 다닌다니까. 하나님을 믿기보다는 목사님을 믿는다고 할 수 있겠지."

"모두들 지혜가 밝아진 때문이야."

"지혜가 밝아진 때문이라고?"

"그렇지. 하나님은 보이지 않는 존재지만 목사는 눈앞에 보이는 확실한 실체거든. 얼마나 실질적인 생각인가? 안 그래?"

"어딘가 좀 비틀어진 말처럼 들리는군."

"그렇지 않아. 오늘의 현실을 그대로 말하고 있는 거야."

젊은이들은 저마다 한마디씩 말을 계속 했다.

"하기야 교회가 많이 타락했지."

"하나님의 뜻이 그러한 걸 어찌하겠는가?"

"그건 또 무슨 말인가?"

"교회가 타락하는 것도 하나님의 뜻이란 말이네."

"하기는 그렇게 말할 수도 있겠군. 세상 어느 것 하나 하나님의 뜻 아닌 것이 없다고들 말하고 있으니까 말이네."

"사람들이 사악한 짓을 하는 것도 온갖 범죄를 저지르는 것도 모두 하나님 뜻으로 그렇게 되는 것이라고 할 수 있겠지."

"그럼, 인간이 책임질 일은 아무것도 없지 않겠는가?"

"그렇다고 할 수 있지. 무슨 짓을 해도 구원받지 못할 사람은 없을 것이네."

"오늘의 현실을 설명하는 데 좋은 이론이라는 생각이 들기도 하는군."

"그러나 그것은 하나님을 믿는 사람에게만 해당된다고 할 수 있네. 저들의 말대로라면 교회에 다니는 사람이라고 할 수 있지."

"그런 말이 어디 있는가?"

"그렇지 않고는 인간의 죄와 하나님의 구원을 설명할 수가 없거든."

"아무튼지 하나님은 인간이 만들어낸 가장 위대한 존재라고 할 수 있네."

"하나님이 인간을 창조한 것이 아니라 인간이 하나님을 만들었다는 말인가?"

"나는 그렇게 생각하네. 만물은 하나님이 창조했다고 한다면 그런 하나님은 인간이 창조했다고 할 수 있지 않겠는가?"

"하나님은 인간의 관념 속에 허상으로만 존재한다는 말이군."

"우리가 알고 있는 신은 그러한 것이 아니겠는가? 그 신을 현실적 실재 사실로 끌어내려 설명하려는 데서 문제가 발생하는 것이라고 생각하네."

뒤늦게 교회에서 나와 계단을 내려오는 사람이 있었다. 두툼한 성경책을 보물처럼 가슴에 안고 있었다. 가장 겸손하고 가장 오만한 모습을 하고 있는 그는 목사였다. 몇 사람이 목사를 뒤따라 나오고 있었다.

"저 가련한 영혼을 구원하소서."

목사가 이렇게 말하자 뒤따라 나오던 사람들도

"가련한 영혼을 구원하소서."

하고 기도하듯 목사를 따라 말하였다. 광대가 저만큼 교회 앞을 지나고 있는 것을 보았기 때문이었다. 그를 향해 하는 기도들이었으나 광대보다는 자신들을 위해 하고 있는 것 같았다.

온몸은 먹물로 물들고
마음은 번뇌가 가득하네

누가 먹물을 지워줄 것이며
누가 번뇌를 걷어갈 것인가

님은 어디로 가고
그림자만 홀로 남았는가

광대는 노래를 부르며 지나가고 있었다.

공원

도심 한복판에 자리하고 있는 공원에는 늘 산책하는 사람들이 많았다. 크고 작은 나무들이 오월의 신록을 자랑하며 공원 안을 싱그럽게 만들고 있었다.

유난히 큰 나무는 보리수나무와 후박나무, 그리고 마로니에였다. 그 나무들도 잎이 피어날 대로 피어나 쏟아지는 오월의 햇살을 만끽하고 있었다.

나무 밑에 놓인 긴 의자에는 몇 명의 노인이 고목처럼 앉아 있었다. 아이 하나가 그 앞에서 공을 굴리며 놀고 있었다. 조금 떨어진 잔디밭에 앉아 있는 젊은 부부는 아이의 부모인 것 같았다. 그들은 따뜻한 눈길로 아이가 놀고 있는 모습을 바라보고 있었다.

한 중년 부부가 머리를 식히려 나온 듯 느린 걸음으로 걸어가면서 놀고 있는 아이를 바라보며 보살처럼 웃었다. 분수대 앞은 젊은이들이 모여 시끄러웠고, 천사가 날아오르는 모습을 하고 있는 조각상 앞에서는 연인으로 보이는 남녀 한 쌍이 사진을 찍고 있었다. 조금 불량기가 있어 보이는 사내 아이 몇이 곱지 않은 눈길로 그들을 쳐다보며 지나갔다.

한쪽에서는 거리의 악사들이 온몸을 흔들며 바이올린, 기타, 아코디언을 연주하면서 사람들의 발걸음을 멈추게 하고 있었다. 또 한쪽에서는 나무 그늘 밑에 거리의 화가들이 앉아 산책 나온 사람들을 상대로 초상화를 그려주고 돈을 받고 있었다.

늙은 장님 하나가 화가 앞에서 초상화를 그려달라고 졸랐다. 아름답게 생긴 젊은 여자 화가였다. 화가는 낭패스런 표정으로 장님의 얼굴만을 쳐다보았다. 산책을 하던 중년 부부가 그 광경을 보고 말하였다.

"장님이 초상화를 그려달라고 조르고 있군."

부인이 말했다.

"그려줄까?"

"떼를 쓰고 있는 것을 보니까 그려주지 않을 수 없겠는데."

남자가 대답하였다. 부부는 그 앞을 지나 얼마쯤 가다가 돌아보았다. 화가는 장님의 초상화를 그리고 있었다.

공 하나가 노인들이 앉아 있는 곳으로 굴러왔다. 그것을 잡으러 아이가 달려갔다. 한 노인이 허리를 굽혀서 공을 집어 들고서 아이가 다가오자 머리를 한 번 쓰다듬어주고는 공을 건네주었다. 아이는 찡그린 얼굴로 노인네를 한 번 쳐다보고는 풀밭에 앉아 있는 자기 부모에게로 달려갔다. 젊은 부부는 말없이 아이의 손목을 잡고 일어섰다.

바이올린을 켜고 있는 사람은 키가 몹시 컸고, 기타를 뜯고 있는 사람은 키가 작았다. 아코디언을 연주하는 사람은 더 작았다. 세 사람은 신이 들린 듯 온몸으로 연주를 하고 있었다. 많은 사람들이 그들을 에워싸고, 더러는 팔짱을 끼고 더러는 쪼그리고 앉아 있었다. 어떤 사람은 아예 땅바닥에 엉덩이를 대고 앉아서 악사들이 연주하는 모습을 넋을 놓고 바라보고 있었다.

"사람들은 음악을 듣고 있는 것이 아니라 보고 있군."

"그렇군. 저들은 청중이 아니라 관객들이라 해야겠군."

서로가 이렇게 말을 주고받는 사람이 있었다. 맹랑 선생과 무하공이었다.

분수대에서 조금 떨어진 곳에서는 대학생들이 풀밭에 둘러앉아 열을 올리며 담론을 하고 있었다. 지구온난화와 인류 종말론, 원자로, 방사능, 그리고 한없이 쏘아올리는 인공위성 우주 쓰레기 같은 이야기가 나왔다. 모두가 대책 없는 문명의 잔재들이었다.

"그러나 모두 공허한 이야기들이야."

한 학생이 이렇게 말하자 잠시 담론이 그치는 듯하였다.

그때 청년 하나가 하늘을 향해 두 팔을 벌리고 소리를 지르며 그들 앞을 지나갔다.

"종말이 가까웠느니라. 주 예수를 믿어라!"

검은 옷차림의 여인 하나가 지나가고 있었다. 치렁치렁 땅에 닿을 만큼 긴 치마를 입고 있었다. 그녀는 보리수나무 밑에서 잠시 서 있다가 초상화를 그리고 있는 화가들이 있는 쪽으로 걸어가고 있었다. 잠시도 눈을 떼지 않고 그 여인을 바라보고 있던 맹랑 선생이 갑자기 감격하면서 말을 했다.

"저 여인을 보는 순간 마음이 두근거리고 숨이 멎는 것 같아지는군. 영혼이 흔들리고 있어. 이것은 놀라운 일이 아닐 수 없네. 도대체 저 여인은 누구란 말인가? 그래 그 여인이야. 숲속 현궁에서 본 그 여인 말일세. 그때도 지금처럼 가슴이 뛰고 영혼이 흔들리고 있었지. 그런데 어떻게 그 여인을 여기서 볼 수 있단 말인가?"

"자네는 지금 무슨 말을 하고 있는 것인가? 저 여인을 두고 하는 말인가?"

"그렇다네. 저 왕방울 같은 두 눈, 메기처럼 크고 갈라진 입, 그리고 두 산봉우리를 안고 있는 것 같은 가슴은 그야말로 솔직한 여인의 모습을 그대로 드러내고 있지 않은가? 나는 지금 정말 마음을 억제할 수가 없군, 그래."

"저 여자는 자네가 현궁에서 만났다는 그 여인이 아닐세. 정숙

한 여자가 아니란 말이네."

"아닐지도 모르지. 그러나 마음이 울렁거리고 영혼이 흔들리고 숨이 막힐 것 같은 것은 그때와 조금도 다름이 없네. 어떻게 다른 여인일 수가 있겠는가? 다가가면 저 연인은 분명 나를 알아볼 것이네."

맹랑 선생이 여인에게로 다가가려고 하자 무하공이 말리면서 말했다.

"안 되네. 그 여인을 만나면 당신은 조롱거리가 될 것이네."

"자네는 그림자처럼 따라다니면서 이번에도 또 나를 방해하려하는 것인가?"

"그렇지 않네. 저 여인을 사람들은 숫돌 여인이라고 하지. 누구에게나 쉽게 치마끈을 푼다는 말이네. 왜 그런 여자를 만나려고 하는가?"

"저 여인은 그런 여자가 아닐세. 그런 여자일 리가 없네. 가서 만나야 하네."

그러나 그때 여인은 초상화를 그려 든 장님과 함께 공원 밖을 나가고 있었다. 맹랑 선생은 크게 실망하면서 말했다.

"정말 불행한 일이 일어나고 있군. 여인을 보고도 그냥 저렇게 보낼 수밖에 없단 말인가? 그러나 그녀에게서 받은 감동을 나는 지금도 억제할 수가 없다네."

"모든 사람들이 비난하는 여인일세. 그 여인에게서 무슨 감동을 받았다는 것인가? 자네는 지금 온몸으로 내뿜고 있는 그녀의 관능적 색정에 사로잡혀 있을 뿐이네."

"그대는 감동이라는 것을 모르고 있군. 감동이 없는 사람은 실낱 같은 진실도 만날 수 없는 것이네. 사람들의 비난은 모두 그 실낱 같은 진실도 가지고 있지 못한 데서 오는 것이 아니겠는가? 지금 그 감동이 영혼의 불길을 내 마음속에서 타오르게 하고 있다네. 그 불길을 멈추게 할 수가 없네. 그대가 방해해도 소용없는 일이지."

"당신은 어쩌다 이리도 영혼이 없는 사람이 되었단 말인가?"

무하공은 맹랑 선생과 함께 공원을 나왔으나 옆에 따라 나온 맹랑 선생은 보이지 않고 무하공 홀로 정신 나간 사람처럼 큰길에 서 있었다. 그는 광대였다.

"님은 어디로 가고 그림자만 홀로 돌아다니는가?"

광대는 이렇게 노래를 부르며 춤을 추며 걸어갔다. 거리의 사람들이 그를 바라보며 지나가고 있었다.

그를 보고 사람들은 쓸모없는 사람이라고 하였다.

석탄절에
있었던 일

무량사를 찾아가는 길에서
이상한 장례 행렬을 만났다

이상한 장례 행렬

❖

　무하공은 무량사를 찾아가는 길에서 이상한 장례 행렬을 만났다. 절 앞을 흐르고 있는 개울 마전천을 거슬러 올라가고 있는 장례 행렬이었다.

　전설로서 사람들의 머릿속에서만 살아 있는 마전천이 그대로 눈앞의 사실이 되어 흐르고 있었다. 그곳에는 삼베, 모시, 무명 등 베틀에서 갓 짜낸 생 피륙을 빨아 말리고 표백하는 여인네들이 북적거리고 있었다. 넓은 바위와 크고 작은 돌들이 깔려 있는 강변 바닥에는 물에 헹구어 말리는 천들이 널려 있었다.

　맑고 깨끗한 물이 개울 한복판에 여울져 흘렀다. 위로 올라갈수록 험준한 계곡을 이루고 있는 둔덕에는 노송들이 큰 가지를 드리우고 있었다. 여인네들이 피륙을 헹구어 말리고 있는 곳은 한참 아래로 내려가 개울이 넓어지는 곳이었다. 나무도 없어 강한 햇살이 강바닥에 그대로 쏟아지고 있었다.

"이상한 일이군. 큰길이 어떻게 옛날의 하천으로 변하여 물이 흐르고 있단 말인가? 그리고 저 여인들은…"

무하공이 다시 보았을 때 피륙을 빨아 널고 있던 여인네들은 보이지 않았다. 바닥에서 말려지던 피륙도 보이지 않았다. 그런데 아무도 없는 빈 개울에 이상한 장례 행렬이 개울을 따라 거슬러 올라오고 있었다. 길도 없는 개울 바닥을 거슬러 올라오고 있었다. 상여 바로 뒤에는 젊은 여인 하나가 소복 차림으로 따르고 있었다. 상주는 그녀 한 사람뿐 다른 상주들은 보이지 않았다. 조금 뒤처져 상여를 따르고 있던 사람들은 모두 조객이었다. 그 뒤를 따라 만장 행렬이 꼬리를 이었다.

장례 행렬은 매우 길었다. 상여 맨 앞에는 선소리꾼 하나가 장송(葬送)의 노래를 부르고 있었다. 상여를 멘 상두꾼들은 그 노래에 맞추어 사이사이 메김 소리를 넣고 있었다. 그런데 이상하게도 상여를 멘 상두꾼이나 뒤를 따르는 그 많은 사람들이 소복차림의 상주 한 사람을 빼놓고는 모두 검은색의 똑같은 옷을 입고 있었다. 상여나 상여를 꾸민 꽃장식도 모두 검은색이었다. 그리고 상여 앞에는 으레 있어야 할 고인의 영정을 들고 가는 사람도 보이지 않았다. 누구의 장례 행렬인지 도무지 알 수가 없었다.

장례 행렬은 점점 가까이 오더니 무하공이 서 있는 개울 앞을 지나고 있었다. 바로 그때였다. 상여를 뒤따르고 있던 조객 행렬 중에서 한 사람이 행렬을 이탈하여 무하공 앞으로 다가왔다.

그리고 이렇게 말했다.

"당신은 맹랑 선생의 그림자가 아닌가?"

무하공이 물었다.

"그대가 맹랑 선생을 알고 있다는 것인가?"

그러자 그는 다시 이렇게 말했다.

"맹랑 선생의 장례 행렬이라네."

무하공은 그제야 맹랑 선생이 죽었으나 아직까지 장례를 치르지 못하고 있었다는 생각을 하였다.

"그대는 누구인가? 누구인데 맹랑 선생의 영여(靈輿)를 따르고 있는 것인가?"

"나는 부묵이라네."

그가 이렇게 던지듯 한마디 말을 하고는 다시 조객 행렬로 되돌아갔다.

'부묵, 그가 부묵이란 말인가?'

무하공은 비로소 상여를 뒤따르고 있는 조객들이 모두 사람이 아니라는 것을 알았다. 부묵 옆에서 따라가고 있는 사람은 섭허가 틀림없었고, 상여 앞에서 장송의 노래를 부르고 있는 선소리꾼은 다름 아닌 낙송이었다. 그리고 뒤를 따르는 많은 조객들은 모두가 혼령들이었다. 언젠가 맹랑 선생의 서재에서 책갈피를 들추고 나왔던 그 많은 활자들의 혼령이었다. 그들은 말없이 상여를 따라가고 있었으나 슬프기는커녕 밝고 기쁨이 넘치는 표정들이었다.

'그러면 소복을 입은 저 여인은 누구란 말인가?'

그녀의 모습에도 슬픔이란 찾아볼 수가 없었고, 발걸음도 가벼워 춤을 추듯 상여를 따르고 있었다.

"그렇군. 그 여인이로군."

무하공은 맹랑 선생이 동굴 안 현궁에서 만났다는 그 신녀임이 틀림없다는 생각을 하였다.

'그런데 맹랑 선생의 장례식이 왜 지금 치러지고 있단 말인가? 그리고 왜 저렇게 치러지고 있단 말인가?'

맹랑 선생이 세상에서 모습을 감춘 지는 퍽 오래 되었다. 간혹 그를 말하는 사람이 있어 그가 정말 죽었는지 살아 있는지에 대하여 소문이 분분하였다.

그러나 무하공에게 맹랑 선생은 죽은 사람이 아니었다. 맹랑 선생과 무하공은 두 사람이 아니기 때문이었다. 무하공은 맹랑 선생의 그림자에 지나지 않았다. 그러나 어느 날 모든 책을 불사르고 집을 나섰을 때, 영혼이 흔들리면서 무하공이 맹랑 선생의 그림자가 되기도 하고, 맹랑 선생이 무하공의 그림자가 되기도 하여, 두 사람도 아니요 한 사람도 아닌 사람이 되었다. 감성과 이성이 갈등을 일으키며 영혼을 흔들고 있는 것이었다. 세상에서는 그저 쓸모없는 사람으로 점점 잊혀져가고 있었다. 다만 그 자리에 거리의 광대로만 자리 잡고 있을 뿐이었다.

여울져 흐르는 개울은 위로 올라갈수록 그 폭이 좁아지면서 깊고 험준한 계곡을 이루고 있었다. 절이 가까운 곳에 이르러 계곡은 우거진 수림으로 가려지고, 물만 갑자기 수림 속에서 튀어나와 흘러내리고 있는 것 같았다. 장례 행렬은 그 수림 속을 향해 움직이면서 점점 멀어지고 있었다. 그러나 상엿소리는 조금도 작아지지 않고, 그대로 또렷하게 들려왔다. 그리고 길게 이어지는 조객들은 모두 춤을 추고 있었다.

소복을 입고 따라가는 여인의 춤은 더욱 또렷하게 보였다.

영혼의 만가

❖

장례 행렬은 멀어지고 있었으나 상엿소리는 점점 더 크게 들려오고 있었다.

영여(靈輿)가 가볍구나
어허야 어여

시신은 어디 가고
영혼만 누웠는가
어허야 어여
어허야 어여

먹물은 씻었는가
그림자는 두고 가네
어허야 어여

남화원(南華苑)에 가거들랑
주막에도 둘러보고
어허야 어여

초원에 들어서면
동자들을 볼 것이네
어허야 어여
어허야 어여

풀밭에는 홍몽이 뛰어놀고
들판에는 야마가 달려가네
어혀야 어여

강가를 거닐면
너울너울 춤을 추는
순망을 볼 것이고
어허야 어여

소복 치마 들치며 지나가는
원풍을 볼 것이네
어허야 어여
어허야 어여

비가 오면
운장을 만나보고
달이 뜨면
천뢰악을 들어보게
어허야 어여

먹물은 씻었는가
그림자는 두고 가네
어허야 어여
어허야 어여

달빛은 물속까지 휘젓건만
흔적 하나 남지 않네
어허야 어여

영여가 가볍구나
어허야 어여

시신은 어디 가고
영혼만 누웠는가
어허야 어여
어허야 어여

서책에 묻힐 것도
문자에 갇힐 일도
이제는 없으리니
어허야 어여

무슨 멍에 질 것이며
무슨 굴레 쓸 것인가
어허야 어여
어허야 어여

먹물은 씻었는가
그림자는 두고 가네
어하야 어여
어허야 어여

곤륜산에 올라서는
상망을 만나보고

막고야 산에 들어가선
신녀를 만나보게
어허야 어여
어허야 어여

시골길을 가다가는
구루자(꼽추)를 볼 것이요
어허야 어여

저잣거리 나가서는
무(無) 장사를 만나보게
어허야 어여

먹물을 씻었는가
그림자는 두고 가네
어허야 어여
어허야 어여

망묘조를 타고 올라
무궁을 거닐면
어허야 어여
어허야 어여

시간은 없어지고
공간은 무너지니
어허야 어여
어허야 어여

무경에 노니는데
무슨 머뭄 있을 손가
어허야 어여

신도 간섭 못하리니
우리가 어찌하리
어허야 어여
어허야 어여

자유로다 자유로다
그대 영혼 자유로다
어허야 어여
어허야 어여

장례 행렬은 멀어지더니 여울과 함께 숲속으로 사라지고 보이지 않았고 상엿소리도 들리지 않았다.

마전천은 없어지고 대로에서 갈라져 무량사로 올라가는 오솔
길만 보일 뿐이었다.

무하공은 그 오솔길을 걸어 올라갔다.

무량사 대웅전 뜰

❖

대웅전 건물은 크고 웅장하였다. 단청을 새로 한 것 같았으나 고색창연함은 그대로 간직하고 있었다. 기왓골마다 와송이 많이 나 있는 것을 보면 지붕도 옛날 기와를 그대로 유지해오고 있었다.

대웅전의 법당엔 격자무늬로 된 육중하고 큰 문이 달려 있었다. 보통 때 같으면 중앙의 문 두 개만이 열려져 있을 것이나 오늘은 열 개의 문이 모두 다 활짝 열려 있었다. 대웅전 앞뜰에는 임시로 설치된 불단(佛壇)이 길게 마련되어 있었다. 사람들은 그곳에 놓인 향로에 향을 피우고, 대웅전 안의 부처님을 향해 합장을 하고 절을 올렸다. 법당 안에서는 목탁 소리와 염불 소리가 끊이지 않고 계속 울려 나왔다.

넓은 대웅전 뜰은 부처님의 탄생을 기리는 불자들로 가득 찼다. 남자보다는 여자 신도들이 많았다.

부처님 오신 날, 오늘은 석탄절 초파일이었다. 윤달이라 3월 한 달이 더 있었기 때문에 이번 석탄절은 절기로는 한참이나 늦었다. 그러므로 가만있어도 콧등에 땀방울이 보송보송 맺힐 만큼 조금은 더운 날씨였다.

도심에서 얼마 떨어지지 않은 이곳 무량사에는 평일에도 찾는 사람이 적지 않았으나 날이 날인지라 아침부터 많은 사람이 찾아왔다. 온종일을 보낼 양으로 먹을 것을 싸가지고 온 사람도 있고, 뒷산에 오를 셈인지 간단한 등산복 차림을 한 젊은이들도 있었다.

대웅전 넓은 뜰에는 하늘을 가리울 만큼 수많은 연등이 머리에 닿을 듯 낮게 매달려 불심을 품고 있었다. 그 불심이 사람들의 등에 가슴에 얼굴에 손등에 그리고 뜰 전체에 햇빛을 받아 얼룩거리며 내려앉고 있었다. 부처님의 자비로운 미소가 온 절을 덮었다. 그것은 엄숙함도 존엄함도 거룩함도 아닌 따뜻하고 아늑하고 포근한 기운이요, 온화하게 보듬는 손길이요, 향기였다. 그 향기가 부처님의 영험으로 가슴속 깊이 들어와 사람마다 마음을 어루만지고 있었다. 개개인의 마음이 다 부처님의 마음이 되어가고 있었다.

초파일 석탄절은 봄의 끝이요, 여름으로 들어설까 말까 하는 망설임이 있는 그런 때였다. 꽃은 모두 졌으나 꽃보다 더 좋은 신록이 온 산을 싱그럽게 하고 있었다. 절뿐만 아니라 온 누리에 생명의 기운이 넘실거리고 있었다. 나무요 풀이요 날고 기는 짐승 만물에 이르기까지 모두 부처님의 영험이 내려와 앉지 않은 곳이 없었기 때문이다. 부처님의 손길이 어찌 사람만을 가려서 보듬고 있는 것이겠는가?

한낮 점심 공양이 끝난 후인데도 불자들은 흩어지지 않았다. 그 많은 사람들의 공양은 모두 절에서 제공하고 있었으나 점심을 싸가지고 와서 먹는 사람도 많았다. 점심 공양을 마친 사람들은 한가한 시간을 보내고 있었다. 어떤 사람은 나무 그늘에 앉아 있고, 할머니들은 아예 자리를 깔고 앉아 있기도 하였다. 모두 화평하고 한가롭고 아늑하고 부처님의 품안에 안겨 있지 않은 사람이 없었다. 나무 그늘마다 몇 사람씩은 앉아 있었다. 더러는 승려들이 거처하는 요사체 안을 기웃기웃 들여다보며 서성거리는 사람도 있었다. 그들의 마음도 오늘은 다 부처님의 마음이었다. 인간에게서 선량함을 볼 수 있는 잠깐의 순간이었다. 아름다운 순간이었다.

예불을 마치고 하나둘 절을 떠나 내려가는 사람도 있고, 점심 공양을 하고 나서는 많은 사람이 흩어지기는 하였으나 뒤늦게 절을 찾아오는 사람도 있어 인파는 별로 줄어들지 않았다. 평화롭고 한가로운 모습은 뒤늦게 찾아온 불자들에게도 다르지 않았다. 발걸음이 그러했고 마음가짐이 그러했다. 사람들의 마음

에 표정에 근심이라고는 찾아볼 수 없는 그런 광경이었다. 다만
어린 동자승들이 심부름을 하느라고 종종걸음으로 바빴고, 젊은
승려 몇 사람이 법당 안을 드나들며 계속 무엇인가를 치우고 나
르고 하는 모습이 바라보고 있는 불자들의 마음을 조금은 안쓰
럽게 하고 있을 뿐이었다. 법당 안에는 수많은 촛불이 켜져 있었
고, 향불은 계속 피어올랐다. 모든 것이 부처님의 마음과 자비로
가득한 그런 석탄절의 화평스러움이었다.

그때였다.
"큰일 났어요! 미친 사람이 나타났어요."
대웅전 뒤에 있는 산신각에서도 한참 떨어진 암자 쪽에서 어
린 동자승 하나가 다급하게 소리를 지르며 뛰어 내려오고 있었
다. 모든 사람들이 그곳을 올려다보았다.
조실 스님으로 있는 노스님이 두 여인의 부축을 받으며 암자
쪽에서 내려오고 있었다. 그리고 바로 뒤에는 소복을 입은 젊은
여인 하나가 이상한 옷차림에 머리가 헝클어진 사내와 함께 내
려오고 있는 모습이 보였다. 동자승이 미친 사람이라고 한 것은
바로 그를 두고 하는 말이었다.
뒤늦게 절을 찾아 대웅전 뜰로 들어서던 무하공이 그 광경을
보았다.

"아니 저 사람은 거리의 광대 바로 그 사람이 아닌가?"

누군가 사내를 알아보고 이렇게 말하는 사람이 있었다. 그 사내의 모습은 온몸이 흐트러져 있는데다가 덩실덩실 춤을 추고 있어 정말 실성한 사람같이 보였다. 소복을 입은 여인도 그리 단정한 모습으로 걸어 내려오지는 않았다. 사내가 춤을 추자 여인은 아예 매달려 오는 듯 함께 붙어 내려오고 있었다. 노스님을 부축하고 내려오는 여인들도 단정하지 못하기는 마찬가지였다. 모두 여염집 여자는 아닌 것 같았다.

사람들이 그 광경을 보면서 수군거렸다.

"조실 스님이 어떻게 저런 여자들과 내려오고 있는 걸까?"

"그러게 말이야."

누가 보아도 스님이 가까이 할 여인들이 아니라는 것이었다.

"그래도 노스님을 부축하고 있군, 그래."

여인 하나가 거동이 불편한 노스님을 부축하고 내려오고 있는 것이 고맙지 않느냐는 뜻으로 말하였다.

"부축하고 있는 것이 아니라 끌려오고 있는 것 같은데."

또 한 여인은 이렇게 시큰둥한 반응을 보였다.

무하공은 도무지 믿을 수 없는, 그리고 알 수 없는 일들이 지금 눈앞에서 벌어지고 있다는 생각을 하였다. 오는 길에 본 장례 행렬이 그렇고, 소복을 입은 여인이 그렇고, 노스님과 광대가 여인들과 함께 암자 쪽에서 내려오고 있는 것이 그러하였다.

'분명 맹랑 선생의 장례 행렬이라 하지 않았던가? 소복 차림의 저 여인 또한 상여를 따라가던 그 여인이 아닌가? 그런데 어떻게 여기에 와 있을 수 있단 말인가? 그리고 무상암에서 노스님과 여인들, 그리고 광대에게는 무슨 일이 있었던 것인가?'

무하공은 모든 것이 한 줄로 꿰어지지 않아 마음이 몹시 혼란스러웠다.

대웅전 뜰에서는 여인네들이 계속 이야기를 했다.

"저 여인은 소복 차림이라 조금 달라 보이기는 하지만 자세히 보니 굿당의 그 무당 같은데"

"그러고 보니 그렇군, 바로 그 신녀야."

"신녀는 무슨 신녀. 소문대로 그냥 숫돌 여인일 뿐이야. 아주 부정한 여자지."

"그야 무녀니까 그렇게 말하는 거지 뭐."

"그런데 저 여인들이 왜 무상암에 와 있었던 걸까?"

이야기를 주고받고 있는 여인네들은 서로 잘 아는 친구들인 것 같았다.

사람들이 이렇게 말하는 사이에 그들 노스님 일행은 다 내려와 대웅전 뜰로 들어서고 있었다. 뒤따라온 광대가 다시 춤을 추기 시작했다. 소복을 한 여인이 따라 춤을 추었다. 두 여인도 춤을 추었다. 노스님도 춤을 추었다. 그러자 무엇에 홀리기나 한 듯 여기저기 앉아 있던 사람들도 하나둘 일어나더니 춤을 추기 시작했다. 무하공도 춤을 추며 그들 속으로 들어갔다.

소리를 지르며 내려오던 동자승만이 어리둥절하여 그 광경을 멍하니 바라보고 있었다. 법당 안에서 요사체에서 일을 하던 스님들도 모두 일손을 멈추고 얼굴을 내밀고 바라보고 있었다.

　　그날 저녁 조실로 있는 청허(晴虛)스님이 열반했다는 소문이 이튿날 거리에까지 전해졌다.

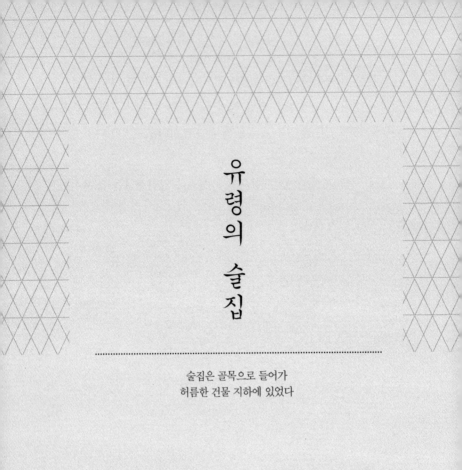

유령의 술집

술집은 골목으로 들어가
허름한 건물 지하에 있었다

주모

술집은 좁은 골목으로 들어가 허름한 건물 지하에 있었다. 입구에 '酒幕'이라는 손바닥만 한 나무 간판이 붙어 있었다. 간판은 잘 보이지 않아 그것을 보고 찾아오는 사람은 없을 것 같았다. 그러나 삐꺽거리는 나무 계단을 밟고 내려가면 겉모습과는 달리 주막 안은 넓었다. 천장은 머리에 닿을 만큼 낮았다. 그리고 그 넓은 천장에 촉 낮은 초롱등 하나가 매달려 있을 뿐이었다. 들어서면 한참이나 있어야 사람을 알아볼 수 있을 만큼, 초롱등은 주막 안을 밝히고 있는 것이 아니라 오히려 주위를 어둡게 만들어 놓고 있었다. 그나마도 주모(酒母)가 앉아 있는 주방 쪽에 매달려 있어 여기저기 앉아 있는 사람들은 그림자처럼 형체만을 드러내고 있을 뿐이었다. 사람들은 그 어둠 속에서 모두

들 유령처럼 앉아 있었다. 구석에서 어른거리는 세 개의 그림자
는 사람의 것이 아닌 것도 같았다.

광대 하나가 주막 안으로 들어왔다. 주모는 도마 위에 칼질을
하던 손길을 멈추고 방금 들어온 광대를 바라보면서 말했다.

"현주를 만나러 왔는가? 지금은 이곳에 없네."

광대는 주모가 있는 곳으로 가 둥그런 탁자 앞에 앉았다.

"어디를 갔는가?"

"그것을 내가 어찌 아누?"

"언제쯤 돌아오는가?"

"그것도 알지 못하네."

"현주는 이곳에 있는 여인이 아닌가?"

"이곳에 있을 때는 이곳 여인이고, 지금처럼 없을 때는 이곳에
있는 여인이 아니지."

광대의 물음은 간절하였으나 주모의 대답은 퉁명스럽기 그지
없었다.

한참이나 있다가 광대는 다시 물었다.

"상망이 있는 곳을 알 수 있겠는가?"

"그 장님 말인가? 조금 전에 자기 초상화를 들고 와서 나더러
가지라고 하더군. 내가 왜 남의 초상화를 가지겠는가?"

"그 늙은이 장님을 말하는 것인가?"

광대는 공원에서 초상화를 그려달라고 조르던 장님이 틀림없

다는 생각을 하였다.

"그렇게 나이가 많은 사람도 아니라네."

"아무튼지 그가 상망이란 말인가?"

"그렇다면 알지도 못하면서 찾아다니고 있단 말인가?"

하고 주모는 광대가 앉아 있는 곳으로 와서 탁자를 사이에 두고 그와 마주 앉았다. 그리고 들고 온 주전자의 술을 한잔 가득 부어주면서 말했다.

"당신은 모든 것을 책 속에서 찾고 있는 사람이 아닌가? 그런데 밖에 나와 책 밖에서 무엇을 찾아다니고 있는 것인가?"

"나는 책을 불태우고 아는 것을 모두 버렸다네."

주모는 딱하다는 듯이 광대의 얼굴을 바라보며 말했다.

"책은 뱃속에 들어앉아 있고, 아는 것은 머릿속에 가득 차 있는데 무엇을 불태우고 무엇을 버렸다고 하는가?"

"그러면 나는 현주를 만날 수 없고, 상망이 있는 곳을 찾을 수 없겠는가?"

광대는 절망 속으로 떨어지는 듯한 표정으로 물었다.

"책에서 보았으니 책 속에서 만날 수 있고, 문자로서 알았으니 문자 속에서 찾을 수 있지 않겠는가?"

주모는 더 할 말이 없다는 듯이 일어났다. 광대는 부어놓은 술잔도 비우지 않고 주막을 나갔다.

어둠 속 구석진 곳에서 어른거리던 그림자 하나가 말했다.

"저 광대는 맹랑 선생이 아닌가?"

옆에 있는 다른 그림자가 말했다.

"무하공이라고도 한다네."

"책을 불사르고 아는 것을 버렸다는 것이 정말인가?"

또 다른 그림자가 이렇게 말했다. 이들은 아까부터 구석에서 어른거리던 세 개의 그림자로 사람의 그림자는 아닌 것 같았다.

그림자들은 말을 계속 했다.

"저기 오만하게 앉아 있는 사람은 목사가 아닌가?"

"그렇군. 옆에 신부와 승려 하나도 앉아 있군."

"모두 병도 들지 않은 사람에게 침을 놓으러 다니는 사람들이지."

"돌팔이 의사들이군."

"광대놀음을 하고 있는 것이지."

"하나님의 광대와 부처님의 광대들이군."

신부와 승려

"주모, 방금 나간 사람이 누구인가?"

어둠 속에 그림자처럼 앉아 있던 사람이 말했다. 그는 성당의 신부였다.

"전에는 큰 학자였다지만 지금은 광대가 되어 저러고 다닌다네."

주모가 이렇게 말했다.

"그럼, 그분이 맹랑 선생일지도 모르겠군. 우리 한번 따라가 보는 게 어떤가?"

"그래, 그러는 것이 좋겠군."

주모가 하는 말을 듣고 젊은 그림자 몇이 서둘러 주막을 나갔다.

"저 젊은이들은 누구인가?"

신부는 또 이렇게 물었다.

"지식을 탐내는 사람들이지. 학문이 깊은 사람이라면 물불을 가리지 않고 찾아다니는 젊은이들이지."

주모의 말을 듣고 있던 또 다른 곳의 그림자들은 저희들끼리 말을 주고받았다.

"사람들은 학자라면 왜 모두들 우러러보는 거지?"

"아는 것이 많은 사람이니까 그렇겠지."

"무엇을 많이 안다는 것인가?"

"그야 책에 있는 것은 모두 알겠지."

"책에는 글자들뿐이 아닌가?

"그렇군, 책 속에는 글자들만 있겠군."

"그러면 글자를 많이 아는 것이지 세상을 아는 것은 아니겠군."

그들은 노무자들의 그림자였다.

아까부터 구석에서 어른거리는 세 그림자들이 말을 했다.

"저들은 글을 모르는 사람이로군."

"글을 모르니 아무것도 아는 것이 없겠군."

"그러나 광대 노릇을 하지는 않겠군."

신부가 어둠 속에서 일어나더니 모습을 드러내며 주모가 있는 곳으로 다가왔다. 그리고 조금 전에 광대가 앉아 있던 둥근 탁자로 옮겨 앉았다.

"주모, 학자가 책 속에서 무엇을 찾고 있다고 생각하는가?"

그는 몹시 진지한 표정으로 묻고 있었다. 주모는 광대가 왔을 때처럼 그가 앉아 있는 탁자로 와서 그와 마주 앉았다. 그리고 신부의 잔에다 술을 가득 채우면서 말했다.

"당신은 성경 속에서 무엇을 찾고 있는가?"

"나는 아무것도 찾고 있지 않네."

"신부는 아무것도 찾고 있지 않은 사람인가?"

그러자 신부는 이렇게 말했다.

"얼마 전까지만 해도 나는 하나님을 찾고 있었지. 그러나 하나님은 성경 그 어디에서도 찾을 수가 없었네."

그는 몹시 조심스럽게 말하고 있었다.

"있지도 않은 하나님을 찾고 있었던 거로군."

주모는 이렇게 말했다. 신부는 천장에 매달린 촉 낮은 전등불을 바라볼 뿐 더는 말이 없었다. 깊은 고뇌가 그의 얼굴을 스쳐 지나가고 있었다. 영혼이 심연으로부터 흔들리고 있었다.

이번에는 스님이 모습을 드러내며 신부 옆으로 와 앉았다. 주모는 그에게도 술을 가득 부어주었다.

"주모, 그날 무량사에서 무슨 일이 있었는가?"

"노스님은 우리를 보고 보살이라고 하더군."

"여성 불자들을 모두 그렇게 부른다네."

"그래서 보살 노릇을 했을 뿐이지, 무슨 일이 있었겠는가?"

스님은 더 말이 없었다.

옆에 있는 신부가 스님에게 물었다.

"스님은 부처님이 어디에 있다고 보는가?"

"부처야 법당 안에 있지."

스님 대신 주모가 대답했다. 한참이나 있다가 스님이 말했다.

"노스님 말로는 마음에 있다고 하네."

그러나 스님의 어조엔 자신이 없는 듯했다. 그러다가 이렇게
말했다.

"부처님은 없는 것 같았네."

그러고는 고뇌의 수렁에 빠져들어버렸다. 그러자 주모가 말했다.

"그러니까 당신들은 없는 것을 찾아다니고 있는 사람들이군."

어둠 속의 세 그림자가 말을 했다.

"저 두 사람은 광대놀음에 지쳐 있는 것 같군."

"광대놀음을 그만둘 지도 모르겠군."

"그러나 그렇게 되기는 힘들 걸세."

이 세 그림자는 이 주막의 주신(酒神)들이었다.

사람의 혼령들

❖

　주방 쪽에 달려 있는 방에서 한 여인이 문을 열고 나왔다. 뒤따라 또 한 여인이 나왔다. 두 여인은 신부와 스님이 있는 곳으로 오더니 탁자에 마주 앉았다. 일어서려던 주모는 다시 따라 앉았다.

　그때 이상한 일이 일어났다. 그들이 앉아 있는 둥근 탁자가 무한히 커져 갔다. 그리고 여기저기 어둠 속에 그림자처럼 앉아 있던 사람들이 모두 그곳으로 나와 앉았다. 불빛도 갑자기 밝아졌다.

　사람들은 맞은편에 앉아 있는 얼굴들을 서로 바라보면서 처음 보는 사람인 것처럼 관심을 가졌다. 그러나 정작 그들의 마음은 모두 두 여인에게로 가 있었다. 한 여인은 속살이 다 내비치는 이상한 옷을 입고 있었고, 한 여인은 아예 드러낼 것은 다 드러내놓고 있었다. 그러나 사람들은 애써 눈길을 피하면서 관심이 없는 것처럼 하고 앉아 있었다. 온갖 힘을 다해 감정을 억누르고 마음을 다스리면서 흔들리는 영혼을 붙들기 위해 기를 쓰고 있는 표정들이 역력했다.

주모는 그것을 바라보다가 옆에 있는 여인에게 말했다.

"저기 두 번째 독에 있는 술을 떠다가 한 잔씩 부어주는 것이 좋겠군."

여인 하나가 일어나 주방 쪽으로 가더니 술동이 하나를 들고 왔다. 그리고 또 한 여인은 모든 사람에게 잔을 채워주었다. 사람들은 말없이 술을 받아 마셨다.

사람들은 그 한 잔 술에 취해가고 있었다. 그리고 마음을 묶고 있던 밧줄들을 하나씩 풀기 시작하였다.

"주모, 우리도 그 술을 한 잔 먹을 수 있겠는가?"

끼어들지 못하고 한쪽에 떨어져 따로 앉아 있던 노동자들이 말했다. 그들에게도 술을 가득 부어주었다.

주막 안은 금세 서로의 영혼이 뒤엉키듯 질서가 엉망이 되어가고 있었다. 신부가 입고 있던 옷을 벗어던지며 말을 했다.

"지금껏 광대노릇을 한 것은 이 옷 때문이야. 이 옷 때문이야."

그러자 옆에 있는 승려가 승복을 벗어던지며 말했다.

"그대는 하나님의 광대였군. 나도 이제는 부처님의 광대놀음을 그만두려네."

또 한 사람이 일어나 옷을 벗었다. 그는 초등학교 교장이었다. 또 한 사람이 옷을 벗었다. 정치가였다. 또 한 사람이 옷을 벗었다. 사회사업을 한다는 자선가였다. 또 한 사람이 옷을 벗었다. 법관 출신의 법률가였다. 또 한 사람이 옷을 벗었다. 도덕가요 윤리 선생이었다. 선비가 옷을 벗고 성직자가 옷을 벗고 예술가가 옷을 벗고 학자가 옷을 벗고 선생이 옷을 벗었다. 모든 사람이 옷을 벗었다. 윤리, 도덕, 체면, 수치, 명예, 권위, 오만, 비굴, 아첨, 그리고 앎을 내세우는 지식, 온갖 허상의 옷들이었다. 모두들 옷을 벗고 나자 묶여 있었던 밧줄에서 풀려나 해방이라도 된 듯 움찔움찔 절로 몸을 움직이면서 춤을 추기 시작했다.

그러나 아무것도 벗지 않고 벌떡 일어나더니 십자가를 높이 들고 소리를 지르는 사람이 있었다.

"오, 주여! 오, 주여!"

그는 더 말이 나오지 않는 듯 하나님만 부르고 있었다. 그는 옷이 벗겨지기는커녕 점점 더 두꺼운 옷이 입혀지고 있었다. 얼굴은 철판을 간 듯 더욱 두터워지고 있었다. 그는 목사였다. 그 앞에 놓인 술잔에는 비워지지 않은 술이 그대로 남아 있었다.

주모는 사람들이 벗어던진 옷들을 주섬주섬 집어 들면서 점점 일그러져가는 목사의 얼굴을 바라보았다.

두 여인이 목사에게로 다가갔다. 그리고 그가 입고 있는 두꺼운 옷을 하나하나 벗겨냈다. 왠지 그는 아무런 반항도 하지 않고 여인이 하는 대로 몸을 맡기고 있었다. 그리고 속으로는 여인을 향해 혼자 말하듯이 중얼거렸다.

"그대는 천사로군. 하늘에서 내려온 천사들이야."

그러고는 온몸으로 한 여인을 끌어안았다. 모든 것이 하나님의 뜻이라고 생각하고 있는 그는 마음에 아무런 부끄러움도 없이 즐거움에 빠져들고 있었다. 하나님의 뜻을 받아들이고 있었다.

현주와 상망이 언제 들어왔는지 그 광경을 바라보고 있었다. 광대도 함께 와 있었다.

갑자기 불이 꺼지면서 주막 안은 어둠으로 변하였다. 지금까지 모든 광경이 그 어둠 속으로 사라지고 더는 보이지 않았다.

"모두들 사람의 유령이로군."

어디선가 이런 목소리가 들려왔다. 구석에서 어른거리던 그림자들 중의 하나가 하는 말이었다.

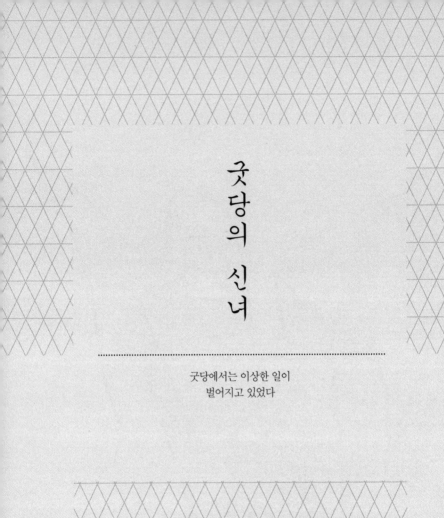

굿당의 신녀

굿당에서는 이상한 일이
벌어지고 있었다

굿당에서는 이상한 일이 벌어지고 있었다. 신장(神將)을 모신 제단 앞에는 많은 촛불이 밝혀져 있고, 향불은 아까부터 연이어 계속 피어올라 연기와 함께 향기가 온 굿당 안을 뒤덮었다.

굿당 앞에는 많은 사람들이 와 앉아 있었다. 평소 굿당을 찾는 사람들과는 달리 낯선 얼굴이 많았다. 숫돌 여인으로 소문나 있는 무녀의 참모습을 볼 수 있으리라는 기대감으로 찾아온 사람들이 많은 탓도 있었으나, 무엇보다 맹랑 선생이 살풀이굿을 한다는 소문 때문이었다. 이것은 맹랑 선생의 죽음에 대한 관심이기도 하였다.

아래위로 하얀 소복을 입은 무녀는 제단 앞에 가만히 앉아 있었

다. 그 모습은 겸손하기 이를 데 없어 무녀라기보다는 신녀 그대로
였다. 지금 저러고 앉아 있는 것은 접신하는 중이라 하여 사람들도
숨을 죽이고 있었다. 모두 조용히 무녀만을 바라보고 앉아 있었다.

얼마 동안 제단 앞에 앉아 있던 무녀는 조용히 몸을 움직이며
일어났다. 그리고 팔을 올리며 춤을 추기 시작했다. 소복 차림의
무녀는 소매가 긴 옷에 땅에 끌리는 치마를 입고, 머리에는 하얀
비단 고깔을 살포시 내려쓰고 있었다. 그것은 무녀의 옷이 아니
었다. 굿을 할 때 입는 무녀 차림의 옷이 아니었다.

무녀는 가볍게 몸을 움직였다. 한 마리의 나비가 내려앉는 듯
땅바닥까지 몸을 낮추었다가 다시 올라가며 춤은 시작되었다.

"저것은 무당춤이 아니야."

누군가 춤을 안다는 듯이 이렇게 말했다.

"그렇군, 살풀이춤이 아니로군."

또 한 사람이 말을 했다.

그러나 춤은 아름다웠다. 긴 소매는 하늘을 향해 급하게 올라
갔다가 다시 가볍게 내려앉았다. 잔잔하고 곱고 아늑한 춤이었
다. 애잔한 슬픔으로 한없이 빠져들었다가 그 곡선을 끊으며 다
른 동작으로 이어졌다. 모든 사람의 눈은 그 긴 소매 끝을 따라
움직였다. 여인의 모습과 동작은 선녀가 천상에서 하강한 듯했
다. 무녀가 아니었다. 신녀가 아니었다. 선녀였다.

"아름답군. 참으로 아름다운 춤이로군."

한참이나 바라보고 있던 무하공은 이렇게 말하였다.

"그래, 저 여인은 공원에서 보았던 그 숫돌 여인은 아니야. 맹랑 선생이 현궁에서 보았다던 바로 그 여인이로군."

무하공은 또 이렇게 중얼거렸다. 사람들도 넋이 나간 듯 여인의 춤을 바라보고 있었다.

그때 사내 하나가 굿당 안으로 뛰어들었다. 그리고 두 팔을 높이 벌리고 하늘을 향해 큰 소리를 질렀다.

"오, 주여, 전지전능하신 하나님이시여, 지금 여기에는 마귀 들린 사람들이 모여 있습니다. 부디 이 가련한 영혼들을 구원하소서."

사람들은 모두 그 사내를 바라보았다. 그리고 웅성거리기 시작했다.

"교회 목사로군."

"목사가 이런 곳에도 오는가?"

"우리를 보고 마귀 들린 사람이라고 하는군."

사람들은 갑자기 뛰어든 사내를 보고 한마디씩 하였다.

"마귀는 저놈이 들렸군. 여기가 어디라고 목사놈이 찾아와 하나님을 부른단 말인가?"

"콩과 팥을 구별할 줄도 모르는 사람이로군."

이렇게 말하는 사람도 있었다.

그러나 목사라는 사내는 다시 소리를 질렀다.

"저기 마귀가 춤을 추고 있습니다. 저 여인은 마녀입니다. 거리에서는 이를 데 없는 부정녀요, 이 굿당에서는 마녀가 되어 사람들의 영혼을 수렁에 빠뜨리고 있습니다. 전지전능하신 하나님이시여, 당신은 천지를 창조하시고 만물을 있게 하였나이다. 그리고 마지막으로 당신의 형상으로 우리 인간을 만드셨습니다. 당신은 모든 것을 관장하시고 세상에 이루지 못할 것이 없나이다. 주여, 하나님이시여, 어서 저 춤을 멈추게 하고, 저 마녀에게 천벌을 내리소서. 마귀의 유혹에서 구원하소서."

"저 목사놈을 끌어내라."

누군가 이렇게 소리를 질렀다. 그러자 젊은 사내 몇 사람이 목사를 끌고 굿당 밖으로 나갔다. 그 바람에 굿당 안은 잠시 소란스러웠다. 그러나 그런 와중에도 무당 신녀는 조금도 흐트러짐이 없이 춤을 계속 추고 있었다.

여인 하나가 말했다.

"그저 신비의 춤이라고 불러야겠군. 저것은 배워서 추는 춤이 아니야."

이렇게 말하는 여인은 춤꾼이었다. 무슨 춤이라고 꼭 어디에 소속된 춤은 아니라는 뜻이었으나 그 춤의 아름다움에 감격하고 있는 것 같았다.

"그런데 저 춤이 맹랑 선생과 무슨 관련이 있는 거지?"

이렇게 말하는 여인은 춤에는 관심이 없고, 오늘 이 굿이 왜 살풀이 굿이라는 것인지 알 수가 없다는 듯이 말했다.

그때 무당 신녀의 춤에 변화가 일어났다. 동작이 조금 거칠어지면서 팔을 올리고 발을 들었다 놓는 것이 조금 전의 동작과는 달랐다. 한쪽에서 꽹과리를 잡고 있는 손이 바르르 떨기 시작하고, 장구와 북을 치는 고수들도 손에 든 북채를 조금씩 움직였다. 그러다 크게 움직이며 소리를 내기 시작했다.

"쿵따따 쿵쿵 딱, 쿵쿵쿵 따따 쿵딱쿵."

꽹과리 소리가 사이사이 큰 소리를 냈다. 그러자 무녀의 몸동작이 점차 빨라지며 크게 움직이더니 온몸이 신기가 오른 듯 흥으로 뭉쳐지고 있었다. 광대춤이었다. 아름다움보다는 희열을 내뿜고 있는 춤이었다.

"이제야 접신이 된 모양이군. 신을 내려 받은 모양이야."

여인 하나가 이렇게 말했다.

"흥이 나는 춤이로군. 신기가 있는 춤이야. 맹랑 선생을 달래려는 것인가?"

또 한 여인이 말했다.

"알 수 없는 일이군. 저 여인을 숫돌 여인이라 부르는 까닭을 말이네."

하고 한 사내가 말하자 옆의 사내는 이렇게 말하였다.

"무녀는 원래 정숙한 여인이 아니라네. 그러나 소문이 날 정도라면 치마끈을 쉽게 푸는 것은 사실인 모양이더군."

"그러나 아까 춤을 시작할 때의 모습을 보지 못했는가? 너무도 엄숙하고 경건하여 아무도 범접할 수 없는 여인 같았네."

장구 소리가 잠시 멈추는 듯하다가 다시 시작했다. 무녀는 장구 소리에 맞추어 다시 몸을 움직였다. 그러나 그녀의 손에는 처음부터 방울은 쥐어지지 않았고, 그녀는 희고 긴 명주 수건만을 너울거리며 춤을 추고 있었다. 그것은 춤동작이 변한 지금도 마찬가지였다. 그 긴 수건이 조금 더 너울거릴 뿐이었다.

그때 관중 속에서 사내 하나가 춤을 추며 제단이 있는 쪽으로 올라와 무녀 곁으로 다가왔다. 그러자 장구 소리와 꽹과리 소리는 더욱 커지고, 무녀의 춤은 더욱 신기로 뭉쳐졌다. 사내는 그 무녀와 함께 돌아갔다.

모든 사람들의 시선은 무녀에게서 그 사내에게로 옮겨갔다.

"아니, 저 사내는 무량사에서 보았던 그 광대가 아닌가?"

"그렇군. 그때 무상암에서 노스님과 함께 내려오던 그 광대가 맞네."

"노스님은 갔는데 광대는 아직도 저렇게 돌아다니고 있군."

사람들이 이렇게들 말하고 있는데 이번에는 여인 두 사람이 무녀 앞으로 나오면서 춤을 추었다.

"저 여인은 암자에서 노스님을 부축하고 내려오던 그 여자들이야."

"그러고 보니, 그때 소복을 입고 광대와 함께 내려오던 여인이 바로 지금 저 무녀였군."

"그렇군. 춤도 그때 광대와 함께 추던 그 춤이야."

사람들은 이렇게 말하고 있었다.

말은 계속되고 있었다.

"그러면 저 광대가 맹랑 선생이란 말인가?"

"무량사 계곡에서 죽었다던 그 맹랑 선생이란 말이지?"

"거리의 광대가 맹랑 선생일지도 모른다는 소문이 헛소문이 아니었나보군."

"그럼 오늘 살풀이 굿은 뭐지?"

"아무튼지 그가 살아 있더라도 옛날의 그 맹랑 선생은 아닌 것 같군."

"그래. 저 사람은 그저 거리를 돌아다니는 쓸모없는 광대일 뿐이야."

무하공은 말없이 관중 속에서 자신의 그림자를 바라보고만 있었다. 옆에 늙은 장님 하나가 초상화를 들고 서 있었고, 또 그 옆에 초상화를 그려주던 젊은 화가가 서서 바라보고 있었다.

장구 소리는 멈추지 않고, 춤도 계속되고 있었다.

"마귀야 물러가라. 마귀야 물러가라."

밖에서 저주에 가까운 목소리가 들려왔으나 목사는 굿당 안으로 들어오지 않았다.

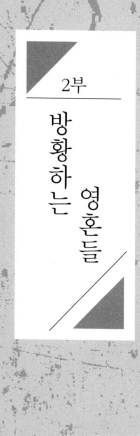

2부

방황하는 영혼들

광대와 무하공

맹랑 선생과

....

맹랑 선생은 광대가 되기도 하고
무하공이 되기도 하였다

맹랑 선생은 광대가 되기도 하고 무하공이 되기도 하였다. 광대가 되었을 때는 모든 진리가 무너져 내렸고, 무하공이 되었을 때는 영혼이 방황하고 있었다.

세 사람은 서로의 그림자가 되기도 하고, 하나의 영혼 속에 모여들기도 하였다. 그들은 한 여인을 찾아다녔다. 그 여인은 동굴 속 현궁에서 만난 신녀였다. 굿당의 신녀이기도 하였다. 그러나 사람들은 그녀를 거리의 여인으로 알고 있었다. 치마끈을 쉽게 푼다고 하여 창기라 하기도 하고, 아무 칼이나 갈고 다닌다 하여 숫돌 여인이라고도 하였다. 모두 그녀를 비난하는 말들이었다. 그러나 정작 그녀를 아는 사람은 없었다.

여인은 상망의 아내 현주였다. 맹랑 선생이 현궁에서 만난 여인이었다. 현주는 뭇 사내들의 품에 안겼다. 그러나 그 일을 끝내고 나면 방금 안겼던 사내도 몰라보는 여인이었다. 그녀는 마음의 찌꺼기를 남기는 일이 없었다. 그러므로 다치는 일이 없었다.

그러나 사람들은 그녀와 하룻밤을 함께하고는 상처를 입곤 했다. 한 번 다가온 것을 늘 다가오는 것으로 알고 있었기 때문이다. 그중의 한 사람이 무하공이었다.

현주의 몸치장은 요란스러웠다. 그러나 그 어디에서도 천박함은 보이지 않았다. 그것은 그녀가 늘 목에 걸고 다니는 검은 구슬 때문인지도 몰랐다.

그녀는 가끔 가출을 했다. 그리고 치마끈을 풀었다. 누구 앞에서 옷을 벗었는지 상망은 묻지 않았다. 그래서 그녀는 기억할 필요가 없었다.

모든 정신 기능이 마비되어 가고 있었다. 영혼은 부러진 날갯짓을 하고 있었다.

영혼 하나가 다가왔다.

"그대가 방황하고 있는 것은 무엇인가? 그 많은 지식이 쓸모없다는 것인가?"

맹랑 선생에게 하는 말이었다.

다른 영혼이 말했다.

"그대는 광대가 되어 거리를 나다니고 있지 않은가?"

그러자 또 한 영혼이 말했다.

"그런다고 한번 먹은 먹물이 지워지겠는가?"

무하공이 말했다.

"그러나 진리는 있을 것이네. 방황이 끝나는 날 마주 서는 세계가 있지 않겠는가? 진리를 만나는 날이 있지 않겠는가?"

맹랑 선생이 말했다.

"그렇게 해서 만난 진리가 무슨 소용이 있겠는가? 주평만은 진리를 찾고 나서 방황이 더 깊어졌다고 하지 않았는가?"

광대가 말했다.

"현주가 치마끈을 쉽게 푸는 것은 방황을 끝내려 함이 아니겠는가?"

세 영혼은 하나가 되었다가 갈라지면서 흩어졌다. 맹랑 선생은 현주를 현궁에서 만난 신녀라고 생각하고 있었고, 무하공은 굿당의 무녀라고 생각하고 있었고, 광대는 거리의 여인으로 생각하고 있었다.

현주는 현궁의 신녀이기도 하고, 굿당의 무녀이기도 하고, 거리의 여인이기도 하였다.

맹랑 선생

❖

맹랑 선생은 비틀거리고 있었다. 어지러워지고 있었다. 모든 것이 흔들리고 있었다. 눈앞에는 영혼의 시체들이 굴러다니고 있었다. 감성을 발라낸 순수 이성과 논리적 사고에 의해 인식되어 오던 존재의 바탕이 무너지고 있었다. 이성과 과학의 기반인 논리적 사고는 사실과 만나는 자리에서는 실로 무력하기 이를 데 없었다.

이성과 과학의 법칙은 사실 속에서 만들어진 것이지만, 그 만들어진 틀 속에 들어가 있는 사실의 세계는 없었다. 그럼에도 불구하고 맹랑 선생은 그 틀 속에서 모든 것을 찾고, 해결해 나가려고 하고 있었다. 정의(定義)속에서 진리를 찾고, 개념 속에서 사실을 만나려 했던 것이다.

모든 존재자의 기반인 시간과 공간을 흔들어보라.

존재가 무너진다.

질서가 무너진다.

사실 세계가 무너진다.

그러나 맹랑 선생은 정작 아무것도 무너뜨리지 못하고 있었다.

어찌 할거나, 어찌 할거나. 진실은 아무 데도 없고, 회색 하늘에 악령의 날개만이 활개치고 있었다.

진실이라고 믿고 있던 사실이 무너지고 있었다. 확실하다고 믿고 있던 것들이 무너지고 있었다. 학문의 세계에서 다루어지고 있는 명제, 정의, 개념들의 실체는 있는 것이 아니다. 진리를 비롯해 인간이 추구하는 모든 것들은 아무런 기반 없이 조작된 한낱 사념의 화석 조각일 뿐이다. 그것에는 아무런 진실도 생명도 숨결도 없는 것이다. 이런 것들이 맹랑 선생을 괴롭히고 있었다.

진실, 사랑 그리고 진선미라는 것들의 정체가 무엇일까? 무엇이 아름다움이고, 선이고, 진실인가? 그것은 온갖 고뇌와 더불어 영혼의 파멸만을 가져다주고 있을 뿐이다. 인간이 추구하는 모든 것들은, 소중하다고 붙들고 있는 것들은 모두 악마가 포장한 상품일 뿐이다. 그 찬란한 포장 안에는 일그러진 영혼만이 있을 뿐이다.

성인들은 악마의 마음을 즐겁게 하고, 인간의 영혼을 병들게 하였다. 떠받들고 존경할 사람이 아니다. 성인을 떠받들고 영혼이 병들지 않은 사람이 있던가? 그들은 악마의 충실한 하수인 노릇을 하다간 사람일 뿐이다. 악마의 광대들이다. 인간의 고뇌가 있는 한 악마는 계속 춤을 출 것이다. 인간의 영혼을 병들게 하는 진리와 정의와 사랑과 진실이라는 것들은 모두 악마가 준 선물일 뿐이다. 이들로 인해 영혼이 병들지 않은 사람이 있던가?

진선미에 관한 정의(定義)와 온갖 명제들, 그리고 그러한 것들에 대한 인간의 끊임없는 추구는 악마의 손에서 놀아나는 것일 뿐, 실질적으로 가져다주는 것은 아무것도 없다.

맹랑 선생은 무섭게 영혼을 파괴하고 있는 악령, 그 악마의 손에서 벗어나지 못하고 있었다. 그의 영혼은 빛을 잃어가고 있었다. 소중하게 여겼던 모든 덕목과 개념들이, 진리라고 여기고 매달렸던 빛나는 개념들이 퇴색하고 무너지고 있었다.

말, 모든 개념을 구성하고 있는 언어란 무엇인가? 그리고 그 언어에 의탁해 이루어지는 이론과 학문적 지식이란 무엇인가?

"모든 이론은 회색이고, 빛나는 생활의 나무만이 초록일세."

괴테는 악마 메피스토펠레스의 입을 빌려 이렇게 말하고 있지만, 맹랑 선생에게서는 오히려 이론 속에서 분명한 것이 현실의 사실 앞에서는 모두 무너져 회색의 혼동으로 빠져버리고 마는 것이었다. 이론 속에서 명확성으로 마주 서는 사실의 세계는 아무 데도 없었다. 이론의 세계 그리고 개념의 세계는 현실의 사실 세계가 아니었다. 그 어느 것도 개념으로 있는 사실 세계는 없었다.

상망(象罔)은 이론과 사념의 세계에서 내려온 언어 개념 밖의 현실이요, 현주는 그 찬란한 이론의 옷을 벗고 마주 선 생활 속의 사실이었다. 그 발가벗은 맨몸의 여인(사실)을 맹랑 선생은 찾고 있었다. 그러나 먹물(지식)을 먹은 맹랑 선생은 현실로 내려와 그 여인을 만날 수 없었다. 그의 방황은 여기에 있었다.

광대

❖

　광대가 춤을 춘다. 그림자와 함께 춤을 춘다. 그림자가 그를 따라 추기도 하고, 그가 그림자를 따라 추기도 하였다. 발을 한 번 들어보고, 팔을 한 번 내려보는 동작은 즐겁기도 하고, 처절한 움직임이기도 하였다. 인간이 살아가는 짓거리가 모두 그 광대 놀음이었다.

　태초에는 아무것도 없었다. 어둠만이 있었다. 현명(玄冥)이라 하고, 혼돈이라고도 한다. 밤과 낮이 갈리기 이전 현명은 회색으로 있었고, 하늘과 땅이 나뉘기 전에 혼돈은 하나로 있었다. 이름(말)이 없어 무명(無名)으로 있고, 무늬가 없어 무상(無象)으로 있고, 구별이 없어 무물(無物)로서 있었다.

그러다가 구별이 생기기 시작하였다. 말이 있고, 이름이 있어 분별이 시작되었다. 그로부터 사실적 존재[無名]는 사라지고, 오직 개념의 세계만이 우리 앞에 마주 선다. 인간은 그 개념과 대결하는 돈키호테로 전락하고 말았다.

거리에서 춤을 추는 광대는 그래서 있게 되었다. 사실의 세계는 그때도 있고 지금도 있는 것이나, 말의 세계로 들어오고 구별과 분별로 말의 옷을 입고 이름을 가지고 개념의 세계로 들어서게 되자, 사실의 세계는 사라져버렸다. 말로써 있는 것은 사실로 있는 것이 아니다. 개념은 모두 허상이다. 인간만이 그 허상 속에서 살아간다. 개돼지는 말이 없는지라 사실 속에서 살아가고, 인간은 말이 있는지라 허상 속에서 살아간다. 먹물을 먹은 사람에게서는 더욱 그러하다. 지식은 사실로 다가가는 것을 방해할 뿐이다. 사실 속에서 살지 못하고 말(개념)의 세계를 따로 만들어 사념 속에서 살아간다. 그 사념 속에서 만들어진 것이 선과 악, 미와 추, 진선미 같은 관념적 존재들이다. 온갖 도덕적 덕목이 또한 그렇다. 이러한 관념적 존재는 사실 속에 있는 것이 아니다. 사념 속에 허상으로 있는 것이다. 지식은 사실의 세계와 마주 서는 것을 차단하고, 새로운 관념의 세계를 만들어 마주 서는 것이다. 아담과 하와가 에덴동산에서 살 수 없게 된 것이 바로 이 지식(지혜) 때문이다.

마음은 흐르는 물과 같아 머무름이 없다. 그 흐름을 방해하여 머물게 하는 것이 사념이다. 마음이 흐르는 자연(사실)이라면 사념은 개념 속에 갇혀 있는 허상이요, 억지다. 그 억지로 하여 흐르는 마음은 머물게 되고, 사실을 떠나 허상을 만들어낸다.

광대는 지금 그 억지를 버리지 못하고 영혼을 학대하고 있다. 그가 먹은 먹물(지식)이 더욱 그렇게 하고 있었다.

쉼 없이 흐르는 마음
그 흐름을 방해하지 않으면
사실(진실)과 만날 수 있으리라

아픈 마음, 고뇌하는 마음은 그 흐름을 방해하여 머무르게 하는 데서 생겨난다. 희로애락이 또한 그렇다. 머문 마음에서 생겨나는 것이다. 아픈 마음을 아름답다고 하지 말라. 그 아픔은 조금도 아름다운 것이 아니다. 고뇌하는 마음을 거룩하다고 하지 말라. 그것은 조금도 거룩한 것이 아니다. 아름답다, 거룩하다는 것은 그 사람의 마음을 떠나 또 하나의 허상을 만들어내는 데서 비롯하는 것이다. 그것은 나의 아픔이 아닌, 나의 고뇌가 아닌 것을 이르는 말이기도 하다. 아픔이 나의 아픔이 아닐 때, 그 남의 아픔을 아름답다고 하는 것이요, 고뇌가 나의 고뇌가 아닐 때 그 바라보는 고뇌를 거룩하다고 하는 것이다.

그림 한 점이 그렇고, 문학이 그렇고, 예술이 그렇고, 춤사위 하나가 그렇다. 마음의 피멍울이 밖으로 나온 것이 아니겠는가?

광대를 쓸모없는 사람이라 하는 것도 그 때문일지도 모른다.

삶과 죽음, 사생(死生)의 세계는 서로 오갈 수 없는 별개의 세계다. 영혼은 오갈 수 있다고 하나 부질없는 생각에서 하는 말이다. 산 사람이 죽은 사람의 세상에 들어갈 수 없는 것처럼, 죽은 사람의 영혼은 차생(此生)으로 넘어올 수 없는 것이다. 간섭할 수 없는 것이다. 사실의 세계와 허상의 세계도 그렇다.

보는 것을 눈에 맡기고
듣는 것을 귀에 맡기고
아는 것을 마음에 맡겨
있는 대로 그대로 두라
개념의 세계에서 사실을 찾으려 하지도 말고
사실의 세계를 개념의 세계로 끌어오지도 말라

신녀의 현빈(玄牝)으로 들어간 맹랑 선생은 현궁에서 누구를 만나고 무엇을 보았는가? 현주를 만나고 상망을 보았던 것이다. 그리고 황홀한 광채.

그러나 현실은 회색의 잿빛이었다.

광대가 춤을 추고 무하공이 방황하는 것은 그 잿빛 속에서 황홀한 광채를 찾으려 함이었다. 어떻게 현주와 상망을 잿빛(현실) 속에서 찾을 수 있겠는가? 광대의 고뇌와 방황은 여기에 있었다.

언어 속에 어떻게 사실이 있을 것이며, 어떻게 서책 속에 진리가
있을 것이랴. 진리는커녕 커피 맛 하나도 언어로써는 사실로 만
날 수 없는 것이다.

무하공

❖

힘들다. 갈수록 영혼은 빛을 잃어가고 있다. 말, 언어, 문자. 지금까지 소중하게 여겨왔던 개념들이 퇴색되어가고 있다. 너무나 분명했던 명제와 사념들이 흐려지고 모호해지고 있다. 혼돈으로 빠져들고 있다. 길에는 죽은 모든 영혼의 시체들이 나뒹굴고 있다. 아무런 생명도 숨결도 진실도 없는 허상들이다.

무하공의 방황은 언제까지 계속될 것인가 끝나는 날이 있을 것인가?

진리란 무엇인가? 진리는 언어 속에 하나의 개념으로만 있는 것인가?

언어란 무엇인가? 그리고 그 언어에 의탁해 이루어지는 이론과 명제들은 무엇인가? 그 모든 것들이 사실과는 무관한 것인가?

무하공은 이러한 생각들에 빠져들고 있었다.

하나님은 만물을 창조하고
인간은 하나님을 창조했다

하나님은 인간이 만들어 있게 된 가장 위대한 존재다. 그러나 그 하나님은 말로서 있는 것이지, 사실로서 있는 것은 아니다. 정의와 사랑은 물론, 온갖 도덕적 명제와 덕목들도 그렇다. 말로서 있는 것이지, 사실로 실재하고 있는 것이 아니다. 말로서 있는 것은 사념 속에 개념으로만 있다는 것이다. 사실과 무관하게 있는 것이다. 허상으로만 있다는 것이다. 이러한 것들은 사람에게만 있는 것이요, 사람이 아닌 개나 돼지 같은 짐승에게는 있는 것이 아니다. 짐승에게는 하나님이 없다. 진선미 같은 허상들이 없다. 그들은 그러한 것을 만들지 않기 때문이다. 사람만이 그러한 것을 만들어 있게 된 것이다.

사람이 아닌 짐승에게는 말이 없다. 말이 없는 지라 말로써 있는 것이 없고, 문자가 없다. 문자가 없는지라 기억을 저장하는 일이 없다. 말은 사념이요, 그 사념을 기억으로 저장하는 것이 문자다. 이 말과 문자로 사실과는 별개의 세계를 만들어간다. 이렇게 만들어감을 문화라 하고 문명이라고 한다. 문명은 사람에게만 있는 것이요, 사람 아닌 동물에게는 없다. 문명은 사실(자연)을 등지고 있음을 말한다. 사실을 그대로 두지 않고 사실과는 다른 세계를 만들어간다.

인간은 사실을 등지고 살아가고, 짐승은 사실 속에서 살아간다. 사실 속에는 그저 사실만이 있을 뿐이다. 인간은 가치와 온갖 덕목을 부여하여 사실 아닌 개념 속의 존재를 만들어간다. 그리고 그러한 개념의 존재를 사실적 존재로 알고 믿고 그것을 현실 속에서 찾으려 하고 있다. 하나님도 사실적 존재요, 진선미도 사실적 존재로 우기는 억지로 치닫게 된다.

하나님은 있는 것인가, 실재하는 것인가? 진리는 있는 것인가, 실재하는 것인가? 무하공의 방황은 바로 이러한 데서 비롯하고 있는 것이다. 사념의 세계는 사실의 세계가 아니다. 사실로서 실재하는 세계가 아니다.

꽃 한 송이를 들여다본다. 곱다. 풀잎을 만져본다. 부드럽다. 그러나 꽃은 말이 끊긴 자리에 저만큼 사실로서 서 있고, 풀잎은 앎 밖에 저만큼 사실로서 앉아 있다.

꽃이라는 개념(말)속에 들어 있는 사실은 어디에도 없다. 어디에 꽃이라는 사실이 있단 말인가? 개나리, 진달래, 채송화는 있어도 꽃이라는 사실은 어디에도 없다. 꽃은 개념으로만 있는 것이요, 사실로서 있는 것이 아니다. 개나리, 진달래, 채송화가 있다고 하나 그것은 이름(말)으로 있는 것이요, 사실로 있는 것이 아니다.

사실은 그저 사실로서만 있을 뿐이다. 수(數)에 있어서도 그렇다. 1, 2, 3…은 수 개념으로 있을 뿐이요, 사실로는 그저 사물이 있을 뿐이다. 수는 개념으로 있는 것이요, 사실로 있는 것이 아니다. 사실과 함께 살아가는 짐승에게 그러한 수 개념이 있던가?

보는 것은 눈에서 머물게 하고
듣는 것은 귀에서 머물게 하고
아는 것은 마음에서 머물게 하라

있는 사실을 사실로서 그대로 두라. 생각을 넣어 간섭하지 말고, 비교 판단하여 사념적 존재를 만들지 말라.

"모든 이론은 회색이고, 빛나는 생활의 나무만이 초록일세."
이것은 파우스트를 농락하기 위해서 등장한 악마 메피스토페레스가 한 말이 아니던가? 그러나 악마의 말일 뿐이다. 오히려 이론 속에서는 명확한 것이나 사실 세계에서는 그 모든 명확성이 무너지고 모호해지는 회색으로 마주 설 뿐이다. 오히려 생활의 나무는 회색이요, 이론 속에서만 초록일 뿐이다.
회색이란 무엇인가? 이론이 아니요, 현실이라는 말이다. 사실은 언어로서 문자로서 있는 것이 아니요, 현실로서 내 앞에 마주 선 채로 있는 것이다. 사실은 이론 밖에 있고, 설명 밖에 있는 것이다. 회색이란 이론 밖에 현실로서 있다는 말이다. 어떤 사실이 설명과 이론으로 마주 설 수 있겠는가? 커피 맛 하나도 언어에 의탁해서는 사실과 만나지 못하거늘 하물며 진리이겠는가?

　말을 하면 할수록 사실에서 멀어지고, 설명을 하면 할수록 진리와는 무관한 것이 된다. 맹랑 선생이 현궁에서 만났다는 상망과 현주는 이따금 무하공에게서도 사실로서 마주 서고 있다. 그러나 그것은 현실 속에서 마주 서는 사실이 아니었다. 현실로서 마주 서는 현주는 거리의 여인이요, 상망은 아무것도 볼 수 없는 무지의 장님이었다. 현실 앞에 마주 서는 사실은 이런 것이었다. 그러나 그것을 어떻게 부정하고 외면할 수 있겠는가?
　무하공의 방황은 한없이 계속되고 있었다. 아마도 그것은 너무도 깊이 물든 먹물 때문이리라.

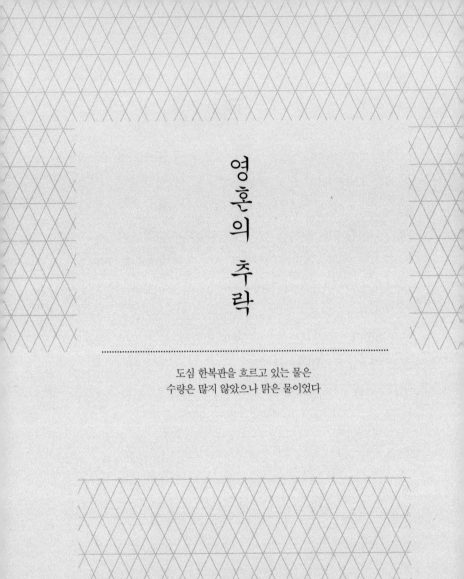

영혼의 추락

도심 한복판을 흐르고 있는 물은
수량은 많지 않았으나 맑은 물이었다

축제

서울 도심 한복판을 흐르고 있는 청계천은 수량은 많지 않았으나 맑은 물이 흐르고 있는 하천이었다. 그 맑은 물에는 고기도 살고 있어 먹이를 찾는 물새가 이따금 날아와 앉기도 하였다. 이 하천에는 흐르는 물을 건너다닐 수 있는 징검다리도 군데군데 놓여 있었고, 강 양옆으로는 물길을 따라 걸을 수 있는 산책로가 있었다. 많은 사람들이 찾아와 거닐며 머리를 식힐 수 있는 도심 속 공원 구실을 하고 있는 하천이었다.

원래 청계천은 장안의 모든 시궁창 물이 모여들어 흐르는 더럽기 이를 데 없는 하천이었으나 그것을 준설하여 하천을 정비하고 새로운 강물을 끌어들여 지금은 맑은 물이 흐르고 있는 것이다.

이 하천을 끼고 있는 청계 광장에서는 축제가 열리고 있었다.

해가 지고 저녁이 되자 청계천과 청계 광장에는 많은 사람들이 모여들었다. 달이 떠오를 시간이 가까워오자 축포를 높이 쏘아 올렸다. 그리고 사방에서 폭죽이 터지면서 하늘에는 불꽃이 피어올랐다.

축제는 불꽃놀이로 시작하고 있었다. 폭죽이 연달아 터졌다. 불꽃놀이는 계속되었다. 사람들은 종이컵에 양초를 끼워 밝힌 촛불을 저마다 들고 있었다.

달이 떠올랐다. 사람들은 소리를 지르며 촛불을 높이 들고 환호를 보냈다. 오늘은 추석이다. 추석 달맞이를 하면서 중추절 축제를 하고 있는 것이다.

지금 청계 광장에서 열리고 있는 달맞이 축제는 원래는 중추절 축제가 아니라 새해 정월 대보름에 열리는 축제였다. 새해를 맞아 처음에 떠오르는 보름달을 바라보면서 청계천에 놓인 광교, 수표교 위를 오가며 다리 밟기를 하는 답교놀이였다. 그리고 한 해의 건강을 빌고 소원을 비는 축제였다. 그러나 그 축제는 없어진 지 오래고, 지금은 전설로만 전해오고 있었다.

오늘의 청계 축제는 그것을 다시 살리고자 하는 데서 시작한 것이라고 할 수 있다. 그러나 정월 대보름 축제가 아니라 가을 중추절 축제가 되었고, 다리 밟기가 아니라 오염된 청계천에 다시 맑은 물이 흐르게 된 것을 기념하고 기리는 축제가 되었다.

동쪽 하늘에서 쟁반 같은 달이 둥글게 솟아올랐다. 사람들은 그 달을 향해 들고 있던 종이등을 하늘로 올려 보냈다. 아이들은 여러 가지 풍선들을 날려 보냈다. 등에는 불이 켜져 있어 밤하늘이 아름답게 보였고, 모양도 색깔도 여러 가지였다. 그것을 바라보며 사람들은 건강을 빌고, 소원을 빌었다.

많은 등이 하늘로 올라갔다. 등만 올라가고 있는 것이 아니라 영혼도 함께 매달려 올라가고 있었다. 등들은 달을 향해 높이높이 올라갔다. 그렇게 올라가던 종이 등은 더없이 높이 올라가는 듯하더니 갑자기 하나둘 불이 꺼지면서 눈앞에서 사라지고 보이지 않았다. 함께 매달려 올라가던 영혼들도 날개 죽지가 부러지면서 아래로 추락하였다.

하늘에서 추락한 영혼들은 부러진 날갯짓을 하면서 사방으로 흩어졌다. 몇몇 영혼들은 물이 흐르고 있는 청계 하천으로 내려왔다. 그들은 하천에 놓여 있는 징검다리를 건너다니며 옛 수표교 위를 오가며 다리를 밟던 답교놀이를 흉내 내고 있었다. 한 영혼이 흐르는 물을 내려다보면서 말했다.

"맑은 물이 흐르고 있군."

또 한 영혼이 말했다.

"저기 위쪽에서는 여인들이 멱을 감고 있군."

또 다른 영혼이 말했다.

"그곳은 한여름이군."

"여인들은 세월 속의 사람들인 것 같군."

"그렇군. 옆에는 빨래를 헹구는 아낙들도 있군."

"어떤 여인들은 머리를 감고 있군."

달빛 속에서 바라다보이는 광경은 자꾸 바뀌고 있었다. 세월이 바뀌어 흐르고 징검다리 사이로 흘러내리는 강물도 역류하고 있었다.

밤이 깊었다. 축제는 끝나고 사람들은 모두 흩어져 광장에는 아무도 없었다. 늦은 밤 텅 빈 청계 광장에는 등이 몹시 굽은 꼽추가 홀로 서 있었다. 낮에 등과 폭죽과 양초 등 잡동사니를 팔고 있던 그 꼽추였다. 구루자였다. 그는 자지러질 듯이 고개를 뒤로 젖히고 하늘을 올려다보고 있었다.

방황하던 영혼 하나가 꼽추에게로 다가왔다.

"하늘에서 무엇을 찾고 있는가?"

꼽추 구루자가 말했다.

"현명의 그림자를 본 것 같네."

그러자 영혼이 다시 물었다.

"현명은 상망의 혼령이 아닌가? 그를 보았단 말인가?"

그러나 구루자는 대답을 하지 않았다.

"그런데 당신은 누구인가?"

한참만에 꼽추 구루자가 이렇게 묻자 영혼이 대답했다.

"나 말인가? 조금 전에 하늘을 오르려다 추락한 영혼일세. 원래는 어느 지혜 있는 사람의 영혼이었으나 지금은 누구의 영혼인지를 몰라 방황하고 있다네."

꼽추 구루자가 말했다.

"그렇다면 당신은 나의 혼령은 아닌 것 같군."

"어찌하여 그렇게 말하고 있는 것인가?"

"나는 지혜롭지도 않고, 아는 것이 아무것도 없는 사람이니까."

그러자 영혼이 말했다.

"아무것도 아는 것이 없다니, 책을 읽을 줄 모른단 말인가?"

"그렇다네. 글자를 모르는데 어떻게 책을 읽을 수 있겠는가?"

구루자의 말에 영혼은 더 말을 하지 않고 그에게서 떠났다.

꼽추 구루자는 글자도 모르는 문맹자요, 영혼은 하늘을 오르려던 아는 것이 많은 지혜로운 사람의 혼령이었다.

부러진 날갯짓을 하면서 방황하는 영혼들은 모두 지식의 덫에 걸린 사람들의 혼령이었다. 맹랑 선생도 그렇게 걸린 혼령이었다.

화신(畵神)과 여인

❖

하나는 공원 앞 대로변에 놓여 있는 벤치에 앉아 화구들을 펼쳐 놓고 그림을 그리고 있었다. 가로수로 심어져 있는 도로가의 백양나무 한 그루를 화폭에 담고 있었다.

처음은 잎이 다 떨어진, 한겨울의 나목처럼 앙상한 가지만을 그려나갔다. 큰 가지에서부터 작은 가지 하나하나까지, 마치 가지가 모두 몇 개인지 아는 것처럼, 빠짐없이 그리고 있는 것 같았다. 그러고 나서는 그 가지 하나하나에 잎을 그려 넣기 시작하였다. 나뭇잎 또한 그 수가 모두 몇 개인지를 알고 있는 것 같았다. 여인은 잎을 그리고 또 그려 넣는 일을 계속하고 있었다.

하나는 화가였다. 언제인가 공원에서 장님에게 초상화를 그려주고 있던 그 젊은 여자 화가였다.

하나에게 초상화는 보이는 얼굴 모습만을 담는 것이 아니라 그 사람의 보이지 않는 영혼과 마음의 가닥까지를 담는 것이었다. 하나는 지금 나무를 그리면서 그 보이지 않는 것까지 그려 넣고 있었다. 보이지 않는 나뭇가지를 그리고, 보이지 않는 나뭇잎까지를 그리고, 생명을 그려 넣고 있었다. 그림을 다 그리고 났을 때 가지는 그 속에 있었고, 나뭇잎도 그 속에 있었다. 그리고 생명은 그 나무 속에 그냥 있었다. 그것은 나무 그림이 아니라 나무 초상화였다. 나무 속에 흔들리는 바람이 있고, 숨을 쉬는 생명이 있었다.

노인 하나가 그림 앞으로 다가왔다. 그리고 하나의 손에서 붓을 빼앗아들더니 나무 그늘 아래 사람 하나를 그려 넣었다. 소복을 차려입은 여인의 상이었다.

그림 속의 여인이 움직였다. 손이 움직이고 다리가 움직였다. 여인은 서서히 그림 밖으로 걸어 나왔다. 그리고 춤을 추었다. 팔이 올라가고 다리가 들리면서 춤을 추었다.

많은 사람들이 모여들었다. 여인은 계속 춤을 추었다. 춤은 조용하고 아름다웠다.

동작이 조금씩 빨라지기 시작했다. 발이 크게 움직이고 손이 높이 올라갔다. 온몸을 움직였다.

"얼씨구!"

구경을 하던 사람들 가운데 누군가가 나서면서 추임새를 넣었다.

"으쓱! 으쓱!"

사람들의 두 어깨가 들먹거렸다. 여인의 춤은 구경을 하는 사람들의 몸으로 옮겨가고 있었다. 팔이 올라가고 다리가 들렸다.

"얼씨구!"

또 한 번의 추임새가 들어갔다. 올린 팔이 게 발처럼 접었다 펴지고, 들린 다리가 내려가고, 내려진 다리가 다시 올라갔다.

"얼씨구! 얼씨구!"

어디선가 장구를 멘 여인이 나타났다. 그녀는 장구를 치며 사람들 속으로 들어갔다. 흥은 더욱 돋궈지고 사람들은 신명이 났다. 모두들 신이 들린 듯 춤을 추었다. 그중에는 맹랑 선생도 있고 무하공도 있었다.

하나는 붓을 놓고 물러나 자기가 그린 그림을 바라보았다. 백양나무를 그렸으나 그림 속의 나무는 그냥 나무였다. 사람들을 바라보았다. 모두들 춤을 추고 있었다. 노인을 찾아보았다. 그러나 노인은 보이지 않았다.

그림 속에서 나와 춤을 추던 여인이 다시 그림 속으로 들어가고 있었다. 그러자 춤은 서서히 멈추고 장구 소리도 멈추고 사람들은 하나둘 흩어지기 시작했다.

하나는 화구를 챙기며 노인을 생각하였다. 나무 아래 소복 차림의 여인을 그려 넣던 노인을 생각하였다. 이때 하나의 마음에는 공원에서 장님의 초상화를 그리던 때와 같은 마음이 다시 생겨났다. 그것은 환희와도 같은 희열이었다.

　노인이 바로 그 장님이라는 생각이 들었으나 오래 전에 시골서 만난 그 무명 화가 노인일지도 모른다는 생각이 더 강하게 떠올랐다.

　시골 두산 마을 앞에는 큰 개울이 흐르고 있었다. 그 개울에는 징검다리가 놓여 있고 마을에서 읍내로 들어가려면 그 징검다리를 건너야 했다.

　하루는 그 징검다리에 광대 차림의 노인 하나가 앉아 이상한 짓거리를 하고 있었다. 그는 지폐를 한 다발 들고 앉아 한 장 한 장 뽑아 강물에 띄워 보내고 있었다. 한 다발이나 되는 돈을 마구 띄워 보냈다. 그리고는 자취를 감추었다. 읍내에서도 마을에서도 다시는 노인을 찾아볼 수가 없었다.

　그가 누구인지, 이름은 무엇인지, 어디서 온 사람인지를 아는 사람은 아무도 없었다. 그는 화가였다. 그가 그림을 그리는 것을 본 사람은 없었으나 그는 화가였다. 아무리 술에 취하여도 그는 허리춤에 차고 있는 붓통을 놓은 일이 없었고, 하늘에다 그림을 그리고 땅에다가 그림을 그리면서 돌아다녔다.

　하나가 잠시 시골 대학에 몸을 담고 있을 때 만난 무명 화가였다. 그는 늘 술독에서 방금 빠져나온 듯한 흐느적거리는 몸으로 춤을 추며 마을과 읍내 거리를 돌아다녔다. 아이들은 그를 따라다니며 광대라고 놀렸으나 함께 춤을 추며 다니기를 좋아 하였다.

사람들은 그가 그림을 그리는 사람이라는 걸 알고 있었으므로 광화사(狂畵師)라고 부르는 사람도 있었으나 누구 하나 그를 온전한 사람으로 여기는 사람은 없었다.

하나는 몇 번 길에서 그를 만난 일이 있었다. 그러나 맨 정신일 때가 거의 없었으므로, 한 번도 그에게 말을 건네본 일은 없었다.

하나는 노인을 잊어본 일이 없었다. 그는 그냥 화가가 아니라 그림의 혼령인 화신이라는 생각이 들었기 때문이었다. 그리고 꼭 한 번 그가 하나를 보고 박꽃 여인이라고 하면서 다가온 일이 있었다.

하나가 화구들을 다 챙겨 들었을 때 노인과 여인 하나가 저만큼 걸어가고 있었다. 하나는 그들을 바라보았다. 맹랑 선생과 무하공도 그들을 바라보았다. 등이 굽은 사람 한 명이 그들과 동행하고 있었다. 꼽추 구루자였다. 그는 축제가 있던 날 청계 광장에서 한밤에 홀로 하늘을 쳐다보고 있던 그 꼽추였다.

하나가 맹랑 선생에게 말했다.

"그대는 저들을 아는가?"

맹랑 선생이 말했다.

"노인은 상망이요, 여인은 굿당의 신녀가 아니겠는가?"

"그런데 왜 여인은 내 그림 속에서 나오고, 노인은 지금 그 여인과 함께 걸어가고 있는 것인가?"

"그건 나도 알 수가 없네. 저들이 자네의 그림과 어떤 관계가 있다는 것인가?"

그러자 옆에 있던 무하공이 말했다.

"사람이 아닐지도 모르겠네. 저기 걸어가는 모습이 그렇지 않은가?"

하나가 말했다.

"노인은 그 화가의 혼령이요. 여인은 박꽃 여인의 혼령일지도 모르네."

"그 화가는 누구를 말하는 것이고, 박꽃 여인은 또 누구란 말인가?"

하고 맹랑 선생이 물었다.

"길에서 만났다 길에서 헤어진 사람의 말이니 나도 알지를 못하네."

하고 하나가 말했다.

그때 노인과 여인을 따라가던 꼽추가 그들과 떨어져 홀로 이쪽을 향해 걸어오고 있었다.

무하공이 말했다.

"자네는 구루자가 아닌가? 어찌하여 일행과 떨어져 이쪽으로 오고 있는 것인가?"

구루자가 말했다.

"그들은 사람이 아니었네. 함께할 수가 없었네."

구루자는 이렇게 말하고는 그냥 지나갔다.

하나는 한 손에는 화구를 챙겨 들고, 한 손에는 그림을 들고, 그곳을 떠났다. 맹랑 선생과 무하공은 멀어지는 하나의 모습을 바라보았다. 조금 전 그림 속에서 나와 소복을 입고 춤을 추던 그 여인이요, 그녀가 바로 박꽃 여인일지도 모른다는 생각을 하고 있었다.

꼽추와 스승

광대 하나가 길바닥에 '火' 자를 써 놓고 그 위에 솥을 걸어 밥을 짓고 있었다. 맹랑 선생이 그 광경을 바라보다가 옆에 있는 무하공에게 말했다.

"저 광대가 밥을 지을 수 있겠는가?"

무하공이 말했다.

"솥이 끓지 않는데 어떻게 밥을 지을 수 있겠는가?"

맹랑 선생이 다시 말했다.

"그러나 저 광대는 지금 밥을 짓고 있지 않은가?"

"그것은 그가 불이라는 문자의 불과 사실의 불을 혼동하고 있기 때문이네."

맹랑 선생이 말했다.

"문자에서 아는 불은 불이 아니라는 말인가?"

"그렇지 않은가? 문자의 불이 어찌 불이겠는가?"

"그러면 문자에 의해 아는 것은 모두 사실이 아니겠군."

그러자 무하공은 잠시 말이 없었다. 맹랑 선생이 다시 말했다.

"우리가 아는 것은 모두 문자를 통해 아는 지식이 아니겠는가? 그 지식이라는 것은 무엇인가?"

무하공은 여전히 말이 없었다.

"당신은 말이 없군."

하고 맹랑 선생은 밥을 짓고 있는 광대에게로 시선을 옮겼다. 그러나 어디로 갔는지 광대는 보이지 않았다. 길바닥에 걸어놓은 가마솥도 보이지 않았다.

구루자가 저만큼 걸어가고 있었다. 그는 청계 광장에서 혼자 밤하늘을 바라보고 있던 그 꼽추요, 지난 날 공원 앞에서 노인과 여인 두 혼령을 따라가고 있던 그 꼽추였다. 옆에는 여인 하나가 함께 걸어가고 있었다.

무하공이 말했다.

"저기 구루자와 함께 가고 있는 여인은 누구인가?"

맹랑 선생이 말했다.

"박꽃 여인의 혼령이라던 그 여인이군."

"그 여인이 어떻게 구루자와 함께 있는 것인가?"

"그가 상망의 제자라는 말을 들었네."

그때 어디선가 노인 하나가 나타나더니 두 사람과 함께 세 사람이 되어 걸어가게 되었다.

"저 노인은 조금 전 길에서 밥을 짓던 그 광대가 아닌가?"

하고 무하공이 말했다.

"그렇군. 그러나 그 광대는 아닌 것 같군. 어쩌면 그림의 화신인 화가의 혼령인지도 모르겠군. 저 박꽃 여인을 그림 속에서 불러내 춤을 추게 하던 그 혼령 말일세."

"사람은 아니라는 말이군."

"저들이 방황하는 영혼일지도 모르지."

그러나 이렇게 말하는 맹랑 선생은 혼란스러워지고 있었다. 사실과 사실 아닌 것의 경계가 무너지고 있었다. 그리고 지금 눈앞에 보이는 광경과 오늘 일어난 일들이 모두 혼란스러웠다. 광대가 그렇고, 구루자가 그렇고, 박꽃 여인이 그랬다.

옆에서 무하공이 말했다.

"영혼도 방황을 하는가?"

"영혼은 동산에서 추방당한 이후로 늘 방황하고 있었다네. 먹물을 먹은 인간들의 영혼은 더욱 그러한 것이 아니겠는가?"

"저들이 그러한 영혼이란 말인가?"

"알 수 없는 일이네. 그러나 저들이 상망과 현주라면 그런 영혼은 아닐 수도 있을 것이네."

"저 꼽추 구루자는 사람이 아닌가?"

"그러나 상망의 제자라면, 방황하는 사람이 아닐지도 모르지."

무하공과 맹랑 선생은 광대가 밥을 짓고 있던 거리를 떠나 영혼들의 뒤를 따라갔다. 그러나 한참을 걷다가 바라보니 영혼들은 어디로 갔는지 없고, 구루자 홀로 이쪽을 향해 걸어오고 있었다.

무하공이 물었다.

"함께 가던 사람들은 어디로 가고 혼자 돌아오고 있는 것인가?"

"상망과 현주를 말하고 있는 것이군."

하고 구루자가 말했다.

"그가 상망과 현주란 말인가?"

"그렇다네."

맹랑 선생이 물었다.

"어디로 가야 그들을 만날 수 있겠는가?"

구루자가 말했다.

"나는 알지 못하네. 그저 길에서 만났다가 길에서 헤어졌을 뿐이라네."

"제자라는 말을 들었네. 상망은 그대의 스승이 아닌가?"

"아무것도 아는 것이 없는 나에게 무슨 스승이니 제자니 하는 것이 있겠는가?"

구루자는 그들 앞을 지나 어디론가 가버렸다. 무하공과 맹랑 선생은 구루자의 모습에서 아무런 방황의 흔적도 먹물의 그림자도 찾아볼 수가 없었다.

저만큼 밥을 짓던 광대가 하나와 함께 걸어가고 있는 모습이 보였다.

방황하는 영혼들

학문은 태산처럼 높건만
밝힌 것은 아무것도 없네

광대의 춤

❖

지혜는 한낮의 햇살처럼 밝건만
회색빛으로 빠져들고

학문은 태산처럼 드높건만
밝힌 것은 아무것도 없네.

얼음처럼 차가운 이성은
생명의 불꽃을 태우지 못하고

서책에서 얻은 지식은
님 앞에선 무력하기 이를 데 없네.

광대는 춤을 춘다. 춤을 추다 말고 하늘을 올려다본다. 하늘에서 무엇을 찾고 있는 듯한 그런 모습이었다. 사람들은 그를 따라 하늘을 한 번씩 쳐다보며 지나갔다.

구름 한 점 없는 하늘에서는 한낮의 뜨거운 햇살이 쏟아지고 있었다. 광대는 그 햇살을 받으면서 팔을 한 번 들어보고 발을 한 번 내려놓고 있었다. 그의 춤에서는 고뇌가 묻어나고 있었다.

"먹물을 먹은 탓이로다."

"먹물을 먹은 탓이로다."

광대는 이렇게 중얼거리며 잠시 멈추었던 춤을 다시 추기 시작하였다. 아까와는 달리 조금은 가벼운 동작이기도 하였다.

"그대는 지금 무슨 말을 지껄이고 있는 것인가? 이 사람을 원망하고 있는 것인가?"

그때 누군가 다가와 이렇게 말하였다. 돌아보니 부묵이었다.

"그대로군. 어디서 오는 길인가?"

"맹랑 선생을 찾아갔으나 그는 집에 없더군."

하고 부묵이 말했다.

"그를 만나기는 힘들 것이네. 집을 비운 지가 오래되었거든."

광대가 맹랑 선생을 알고 있다는 듯이 말하자 부묵이 물었다.

"어디를 갔는가?"

"상망을 찾아간다고 했는데 그 이후로는 소식을 모른다네."

"먹물을 지우러 간 모양이군. 그러나 소용없는 일이네. 상망인들 어찌하겠는가?"

부묵은 몹시 실망스럽다는 듯이 이렇게 말하였다.

"그대가 맹랑 선생을 그리 만든 것이 아니겠는가?"

광대는 모든 책임을 부묵한테 돌리면서 말하였다.

그러나 부묵은 이렇게 말하였다.

"맹랑 선생이 그리 된 것은 먹물 때문이 아니라 모든 것을 먹물 밖에서 찾으려 하고 있는 때문일세. 지금 그대는 그 맹랑 선생을 흉내 내고 있는 것이 아닌가?"

광대가 말했다.

"그러나 정말 소중한 것은 먹물 밖에 있는 것이 아니겠는가?"

그러자 부묵은 또 이렇게 말했다.

"그렇지 않네. 먹물을 지우고 나면 무엇이 있겠는가? 풀 한 포기 나무 한 그루도 있는 것이 아니라네. 먹물 밖에서 무엇을 찾을 수 있단 말인가?"

그리고는 광대 옆을 떠났다. 저만큼 가는 것을 보니 그는 서책을 가득 실은 수레를 힘들게 끌고 가고 있었다. 그는 서책의 혼령이었다.

누군가 또 한 사람이 소리 없이 다가와 말을 했다. 돌아보니 무하공이었다.

"방금 왔다 간 사람이 무어라고 하던가?"

"그대는 부묵을 알고 있는가?"

하고 광대가 물었다. 그러자 무하공이 말했다.

"며칠 전에 책을 가지고 찾아왔으나 이미 읽은 것이라 받지 않았네."

"맹랑 선생에게도 그것을 가져갔었겠군."

무하공이 물었다.

"선생을 만났다고 하던가?"

광대가 대답했다.

"헛걸음을 하고 돌아오는 길이라고 하더군."

"그렇다면 맹랑 선생은 아직도 아무런 소식이 없단 말인가?"

하고 무하공이 물었다.

"그렇다네. 그대도 아무런 소식을 듣지 못했나보군."

무하공은 한참이나 있다가 다시 물었다.

"부묵에게서 다른 말은 없었는가?"

광대가 대답했다.

"상망을 찾아가도 아무 소용이 없을 거라고 하더군."

"그런 말을 하던가?"

"그러고는 또 이상한 말을 했네."

"무슨 말을 하던가?"

"먹물을 지우고 나면, 풀 한포기 나무 한 그루도 있는 것이 아니라고 했네. 먹물 밖에 무엇이 있다고 찾아다니느냐고 하더군. 그것이 무슨 말인가?"

라고 광대가 말했다.

"왜 그런 말을 하는지 물어보지 그랬는가?"

"물어볼 겨를도 없이 훌쩍 떠나고는 돌아보지도 않았네."

"그랬었군."

"상망을 만나도 소용없을 거라는 말도 잘 모르겠더군."

무하공이 그 말을 듣고 말했다.

"그것은 아마 상망을 찾아갔다가 무안을 당하고 온 때문일 걸세."

광대가 의외라는 듯이 물었다.

"그런 일이 있었는가? 이상한 일이군. 부묵은 상망을 찾아갈 사람이 아니지 않는가?"

"그렇지 상망은 글을 모르는 사람이니까."

"그런데도 서책을 가지고 찾아갔더란 말인가?"

"그래서 무안을 당하고 온 거겠지."

광대가 한참이나 있다가 다시 물었다.

"상망은 정말 글자를 한 자도 모르는 사람인가?"

"많은 사람이 찾아가지만 그를 만나본 사람은 아무 말도 하지 못하고 돌아온다고 하더군."

"무슨 말인가? 왜 한마디도 못하고 돌아온단 말인가?"

"알고 있는 것이 모두 없어지더란 말일세."

"그건 또 무슨 말인가?"

"나는 아직 만나보지 못했으니 알 수 없는 일이네."

광대는 하늘을 올려다보며 말했다.

"상망은 어떤 사람인가?"

무하공도 하늘을 바라보며 말했다.

"상망은 어떤 사람인가?"

광대는 다시 말했다.

"그와 함께 있다는 여인은 누구인가?"

무하공이 따라 말했다.

"그와 함께 있다는 여인은 누구인가?"

광대가 춤을 추자 무하공도 따라 추었다. 그러나 지나가는 사람들은 혼자 중얼거리며 춤을 추는 광대만을 보았을 뿐이다.

광대와 그림자

　광대가 춤을 춘다. 그림자와 함께 춘다. 그림자가 그를 따라 추기도 하고, 그가 그림자를 따라 추기도 하였다.

　광대가 그림자를 보고 말했다.

　"그대는 어찌하여 나를 흉내 내고 있는 것인가? 내가 팔을 올리면 따라 올리고, 발을 내리면 따라 발을 내리고 있지 않은가?"

　그림자가 말했다.

　"그렇지 않네. 그대가 나를 흉내 내고 있는 것이지. 내가 그대를 흉내 내고 있는 것이 아니네."

　광대가 다시 말했다.

　"자, 지금 보게나. 내가 이렇게 움직이니까 그대가 따라 움직이고 있지 않은가? 그대가 나를 흉내 내고 있는 걸세."

그림자도 지지 않고 말했다.

"아니지. 반대로 당신이 나를 따라 움직이고 있는 것이지. 당신이 나를 흉내 내고 있는 것이네."

그러자 광대는 이렇게 말했다.

"알겠네. 그대가 그렇게 말한다면, 굳이 내 주장을 고집할 생각은 없네. 누가 누구의 흉내를 내는 것인지, 그것이 뭐 그리 중요한 일이겠는가? 우리는 다만 지금 함께 춤을 추고 있다는 사실이네. 그저 그 사실만이 있을 뿐이라는 것이지. 그렇지 않은가?"

그림자가 말했다.

"그렇기는 하지. 그러나 당신의 춤에는 고뇌가 묻어나고 있지만 내 춤에는 그런 것이 없네. 그냥 춤일 뿐이지. 함께 춘다고 하여 같은 춤이라고 할 수는 없네."

광대가 말했다.

"그렇다면 내가 그대의 춤을 흉내 내고 있는 것은 아니군. 그렇지 않은가?"

"나 역시 당신 춤을 흉내 내고 있는 것이라고 할 수는 없네."

광대가 말했다.

"그러나 우리가 함께 추고 있다는 것만은 사실이 아닌가?"

그러자 그림자는 이렇게 말했다.

"함께 추고 있는 것은 사실이지만, 같은 춤이 아니라는 것도 사실이네."

"서로 흉내를 내고 있는 것은 아니라는 말이군."

그림자가 다시 말했다.

"그대의 춤에서 고뇌를 떨어버리라는 말이기도 하네."

광대는 그림자의 말을 듣고 무슨 생각에서인지 한참 입을 다물고 말이 없었다. 그러다가 그의 얼굴을 바라보며 입을 열었다.

"도대체 그대는 누구인가? 시커먼 형체만 있고 도무지 확실한 모습을 가지고 있지 않으니 알아볼 수가 없군."

그림자가 말했다.

"나는 실체가 없는 몸이니 무슨 확실한 모습이 있겠는가? 나도 내 모습을 모른다네."

"그렇군. 그리고 보니 자네는 나의 그림자로군. 그런데도 나더러 자기를 흉내 낸다고 말하고 있었던 것인가?"

그림자가 말했다.

"그러나 나는 광대는 아니라네."

광대가 무슨 말을 하려고 하자 그림자는 사라지고 보이지 않았다. 하늘을 쳐다보니 해가 구름 속으로 들어가고 있었다. 한참 만에 해가 구름 속에서 나오자 없어졌던 그림자는 다시 나타났다.

"어디를 갔다 왔는가?"

그림자가 대답했다.

"잠시 잿빛 벌판을 달리고 있었네. 주위가 온통 회색이더군."

광대가 물었다.

"그곳에서 누구를 만났는가?"

그림자가 말했다.

"상망이라는 사람이 지나가고 있었네. 검은 구슬을 목에 건 여인이 함께 걸어가고 있더군."

"그들을 잿빛 벌판에서 만났단 말인가?"

광대는 이렇게 말했으나 그림자는 더 말이 없었다. 두 사람은 서로의 얼굴을 쳐다보다가 다시 춤을 추기 시작했다. 광대가 그림자를 따라 추기도 하고, 그림자가 광대를 따라 추기도 하였다. 그러나 광대는 광대로 춤을 추고, 그림자는 그림자로 춤을 추고 있었다.

"춤을 추고 있는 저 광대는 맹랑공 자네가 아닌가?"

광대를 바라보고 있던 무하공이 옆에 있는 맹랑 선생에게 말했다.

"그렇군. 나는 지금 광대놀음을 하고 있군, 그래."

하고 맹랑 선생은 대답했다. 무하공이 다시 물었다.

"함께 추고 있는 사람은 누구인가?"

맹랑 선생이 말했다.

"그는 무하공, 바로 자네인 것 같군."

무하공은 맹랑 선생의 얼굴을 한번 바라보고는 자리를 떴다. 맹랑 선생도 자리를 떴다. 그러자 그림자는 없어지고, 광대 홀로 춤을 추게 되었다.

광대는 그림자가 걸었다는 잿빛 벌판을 걷고 있었다. 세상이 온통 회색이었다. 하늘에는 해와 달이 함께 떠 있었다. 밤과 낮이 함께하고 밝음과 어둠이 함께하고 있었다. 그러나 그림자가 만났다는 상망과 여인은 보이지 않았다.

잿빛, 현실은 잿빛이었다. 모든 것은 언어의 세계로 들어오지 않는, 말의 길이 끊어진 자리에 있었고, 먹물밖에 알 수 없는 자리에 서 있을 뿐이었다.

현실은 사실로서 저 만큼 그렇게 있을 뿐이었다.

광대는 계속 걸었다. 한참을 가다가 앞에 사람들이 있는 것을 보고 발걸음을 멈추었다. 승려 한 사람과 신부였다. 두 사람은 서로의 옷을 바꾸어 입고는 상대방을 손가락질하면서 깔깔거리고 웃고 있었다.

승려의 옷으로 갈아입은 신부가 말했다.

"나는 신부인가, 승려인가?"

신부복을 입은 승려가 말했다.

"나는 중도 아니고, 신부도 아니로군."

승복을 입은 신부가 다시 말했다.

"나는 절로 가야 하는가, 성당으로 가야 하는가?"

그러자 신부복을 입은 승려가 말했다.

"나는 성당으로 가야 하는가, 절로 가야 하는가?"

신부는 목탁을 두드리고, 승려는 손에 검은 묵주를 들고 멀리 사라지고 있었다.

그들이 사라지자 갑자기 잿빛 벌판은 없어지고, 등 뒤에서 지혜의 빛깔이 밝게 비쳐왔다. 그리고 코앞에 그림자 하나가 나타나 마주 서 있는 것이었다.

광대는 그림자를 보고 말했다.

"조금 전에 신부와 승려 한 사람이 이상한 짓거리를 하고 있었다네."

그러자 그림자가 말했다.

"저기 걸어가고 있는 두 사람을 말하는 것인가?"

얼마 멀지 않은 곳에 신부와 승려가 걸어가고 있었다.

"그렇군. 저 사람들이군."

"저들은 한 번도 자기 옷을 입어보지 못한 사람들이지."

"그런데 이상한 일이군. 상망과 현주가 왜 저 사람들과 함께하고 있는 것인가?"

광대는 이렇게 중얼거리며 그들에게로 다가가려 하자 맹랑 선생과 무하공이 이곳으로 급히 오면서 가지 말라고 하였다. 저들은 신부도 아니고 스님도 아니라는 것이었다.

다시 바라보니 그들은 보이지 않았다. 현주만이 멀리 걸어가고 있는 것이 보였다. 맹랑 선생과 무하공이 그 뒤를 따르고 있었다.

무하공과 부묵

❖

무하공이 길에서 부묵을 만났다. 그는 책이 가득 찬 수레를 끌고 오고 있었다. 힘들어 보였다. 무하공이 말했다.

"책이 무거운가 보군."

부묵은 무하공을 보자 수레를 멈추고 이마의 땀을 씻으면서 말했다.

"세상의 모든 진리가 들어 있는데 어찌 무겁지 않겠는가?"

무하공이 물었다.

"진리가 책 속에 들어 있단 말인가?"

"어찌 진리만이 있겠는가. 책 속에는 세상 모든 것이 다 들어 있다네."

"그러면 책 밖에는 아무것도 없다는 말인가?"

"책 밖에 무엇이 있겠는가. 풀 한 포기 나무 한 그루도 있는 것이 아니라네."

전에 광대를 만났을 때 했다는 말을 부묵은 되풀이하고 있었다.

무하공은 한참이나 있다가 다시 말하였다.

"그대는 상망을 만나서도 그런 말을 해보았는가?"

그러자 부묵은 얼른 대답을 못하고 머뭇거리다가 다시 수레를 끌고 그냥 가버렸다. 상망을 찾아갔다가 무안을 당하고 나온 것이 사실인 모양이었다.

무하공이 얼마를 가다가 이번에는 책을 손에 들고 큰 소리를 내어 읽으면서 걸어오고 있는 낙송을 만났다. 그는 부묵의 친구였다.

무하공이 말했다.

"그대는 진리를 알고 있겠군. 진리에 대해서 말해줄 수 있겠는가?"

그러나 그는 모른다고 대답했다.

"이상한 일이군. 조금 전에 부묵을 만났는데 모든 진리는 책 속에 들어 있다고 하더군. 그대는 무슨 책이나 다 읽고 다니는 사람이 아닌가?"

그러자 낙송이 말했다.

"책 속에는 글자가 들어 있을 뿐이네. 글자로 된 글을 읽고 있을 뿐, 나는 진리가 무엇인지는 알지 못하네."

그때 저 만큼 섭허가 또 걸어오고 있었다. 가까이 다가오자 낙송이 물었다.

"섭허 자네는 진리를 알고 있는가?"

"모른다네. 내가 어찌 진리를 알겠는가?"

"이상한 일이군. 자네는 글 속에 있는 것을 다 알고 있는 사람이 아닌가?"

"물론 글 속에 담긴 것은 다 알고 있네. 아무리 어려운 문자나 문장이라도 내가 이해 못하는 것은 없네. 그러나 진리가 어찌 문자나 문장이겠는가?"

섭허도 낙송과 마찬가지로 진리를 모른다고 하였다.

그들이 가고 얼마 되지 않아 부묵이 다시 돌아오고 있었다. 그러나 아까와는 달리 빈 수레를 끌고 오고 있었다. 그는 기분이 좋은 듯하였다.

무하공이 물었다.

"그 많은 책을 다 어찌하고 빈 수레인가?"

부묵은 수레를 돌아보며 말했다.

"대학로를 지나다가 진리를 찾는 사람들이 몰려와 책을 다 집어가고 빈 수레가 되었다네."

"대학로에 갔었단 말인가?"

"그 거리에는 학자들이 많이 지나다니고 있더군. 맹랑 선생의 제자라는 사람도 있었네. 그들은 모두 진리가 책 속에 들어 있다는 것을 알고 있더군."

무하공이 물었다.

"진리가 정말 책 속에 들어 있는 것인가?"

"어떻게 진리만이 들어 있겠는가? 풀 한 포기 나무 한 그루도 서책을 벗어나서는 있는 것이 아니라네."

부묵은 조금 전에 하던 말을 되풀이 하고 있었다.

"그러나 낙송도 섭허도 진리를 모른다고 했네."

그 말을 듣자 부묵은 할 말을 잃은 듯 빈 수레를 끌고 황급히 자리를 떴다.

무하공은 혼자 남아 중얼거렸다.

"진리는 서책 안에 있는 것인가? 서책 밖에 있는 것은 무엇인가? 서책 밖에는 아무것도 없는 것인가?"

광대와 무하공

광대 하나가 자루를 들고 거리를 돌아다니면서 길바닥에서 무엇인가를 열심히 주워 담고 있었다. 사람들이 다가가 자루 안을 들여다보았다. 자루 속에는 아무것도 없었다. 사람들은 머리를 절레절레 흔들며 지나갔다.

무하공이 그에게로 다가가 물었다.

"무엇을 주워 담고 있는 것인가?"

그러자 광대는 말없이 그냥 자루를 벌려 보였다. 들여다보니 그 안에는 쓸개, 간, 염치, 양심, 신의, 진실, 사랑, 믿음 같은 것들이 담긴 작은 마음 주머니들이 한가득 들어 있었다. 그러나 사람들은 그것을 보지 못한 모양이었다.

"이런 것들이 길 바닥에 떨어져 있더란 말인가?"

하고 무하공이 말했다. 그러나 이상한 것은 시기, 질투, 미움, 원망, 저주, 욕심 같은 것들이 담긴 심보는 보이지 않았다.

노인 하나가 도덕이 땅에 떨어졌다며 한탄을 하면서 저만큼 지나가고 있었다. 무하공이 노인에게 다가가 말했다.

"저기 땅에 떨어진 도덕을 줍고 있는 사람이 있지 않은가? 무엇을 그리 걱정하고 있는 것인가?"

자루를 들고 다니며 길바닥에서 무엇인가를 주워 담고 있는 광대를 가리키며 하는 말이었다. 노인은 어이가 없는 듯 광대를 한참 바라보다가 다시 무하공의 얼굴을 쳐다보았다. 그러나 노인은 말없이 돌아서 가던 길을 걸어갔다.

노인과 헤어진 후 무하공이 돌아서 바라보니 광대는 보이지 않고 맹랑 선생이 걸어오고 있었다. 그는 가까이 다가오더니 무하공에게 말했다.

"당신은 방금 청허를 만나 무슨 이야기를 하였는가?"

무하공이 놀라듯이 말했다.

"청허라니, 그럼 그 노인이 바로 청허 스님이란 말인가?"

"청허를 몰라보고 이야기를 하고 있었단 말인가?"

무하공이 다시 말했다.

"그는 아무 말도 하지 않았네. 도덕이 땅에 떨어졌다고 혼자 한탄하고 지나가기에, 떨어진 도덕을 줍고 있는 사람이 저기 있는데 무엇을 그리 한탄하느냐고 했더니, 내 얼굴만 바라보다가 말없이 그냥 가버렸네. 길바닥에서 도덕을 자루에 담고 있던 사람은 바로 그대가 아니었는가?"

맹랑 선생이 말했다.

"줍고 보니 쓸모가 없는 것들이라 모두 버리고 말았네."

"하기야 쓸모 있는 것이라면 사람들이 왜 버렸겠는가?"

하고 무하공이 말했다.

"시기, 질투, 미움, 원망, 욕심 같은 것은 하나도 떨어뜨리지 않았더군."

"사람들에게 쓸모 있는 것은 모두 그런 것들인데 왜 그것을 떨어뜨렸겠는가?"

맹랑 선생이 말했다.

"무엇이 쓸모 있고 쓸모없는 것인가? 쓸모 있는 것은 필요 없는 것이고 쓸모없는 것은 필요한 것인가?"

그러자 무하공이 말했다.

"쓸모 있는 사람은 쓸모없는 사람이요. 쓸모없는 사람은 쓸모 있는 사람인가?"

하루는 광대가 온몸에 크고 작은 시계를 매달고 나와 다녔다. 수없이 많은 시계가 등허리와 앞가슴은 물론 팔다리에까지 매달려 있었다.

"저 많은 시계를 어디서 구했을까?"

"그런데 시계마다 모두 바늘이 없군, 그래."

"고장 난 시계들이군, 뭘."

사람들은 광대를 바라보면서 저마다 한마디씩 하면서 지나갔다.

광대가 춤을 추며 노래를 불렀다.

시간이

날아간다

날갯짓을 하면서 날아간다

갑자기 온몸에 달린 시계들이 신들린 것처럼 흔들렸다. 그러자 자판의 숫자들이 모두 빠져나와 땅바닥으로 떨어졌다. 광대가 그것을 주우려 하자 숫자들은 사방으로 산산이 흩어지면서 모두 어디론가 사라지고 말았다.

무하공이 광대에게 다가와 말했다.

"시계의 바늘을 없애더니 자판의 숫자마저 날려 보내는가?"

광대가 말했다.

"시간이 시계의 자판 위에 갇혀 있다가 풀려나고 있는 것이라네. 이제는 하루살이가 잠깐 살다 가는 일이 없고, 거북이가 오래 살다 가는 일도 없을 것이네."

무하공이 말했다.

"그저 사는 것만이 있겠군."

"그렇지."

"공간이 잣대의 눈금 위에서 풀려나면 어떻게 되겠는가?"

"높고 낮은 것도, 길고 짧은 것도 없어지겠지."

"그저 물상만이 있을 뿐이겠군."

"그렇지."

그러나 한참이나 있다가 무하공이 말했다.

"그러나 물상만이 있다는 것이 무슨 말인가?"

맹랑 선생과 무하공

❖

무하공이 몹시 지친 몸으로 맹랑 선생을 찾았다. 그를 보고 맹랑 선생이 물었다.

"공을 그토록 힘들게 하고 있는 것이 무엇인가?"

"진리라는 것이네."

"그 진리를 아직 찾지 못했는가?"

그러자 무하공이 한숨짓듯이 말을 했다.

"어디에서도 진리를 찾을 수 없었다네."

맹랑 선생이 다시 물었다.

"공은 있지도 않은 진리를 찾아다니고 있는 것은 아닌가?"

"어찌 진리가 없겠는가? 아직 찾지 못하였을 뿐이네."

그러자 맹랑 선생이 말했다.

"그러나 있다 한들, 그것이 무슨 소용이 있겠는가?"

"소용이 없다니 진리가 쓸모없는 것이란 말인가?"

"공이 찾아다니고 있는 그 진리가 무엇인가?"

무하공이 말했다.

"그거야 성인들이 남기고 간 말들이 모두 진리가 아니겠는가?"

맹랑 선생이 말했다.

"그 말들이 어디에 있는가?"

"경(經)이라는 책 속에 다 들어 있다는 것을 그대가 몰라서 묻고 있는 것인가?"

"어찌 모르겠는가?"

그러자 무하공이 말했다.

"그런데도 진리가 쓸모 없는 것이라고 하겠는가?"

"그 말들이 진리라면 진리는 책 속에 들어 있는 것이 아니겠는가?"

하고 맹랑 선생이 물었다.

"그렇다고 할 수 있지."

"그런데 공은 어찌하여 진리를 책 밖에서 찾고 있는 것인가?"

무하공은 한참이나 말을 못하고 입을 다물고 있었다. 그러다가 다시 말했다.

"진리는 책 속에만 있고, 책 밖의 현실에는 없다는 말을 하고 있는 것인가?"

맹랑 선생이 말했다.

"책에는 말로만 있고, 사실로서 있는 것은 아니지 않겠는가?"

"그렇다면 성인의 말들은 말로서만 있는 공허한 것이란 말인가?"

"그렇다고 할 수 있지."

"진리를 말하고 있지 않다는 것인가?"

"그렇지는 않지. 진리를 말하고 있다고 할 수 있네. 그러나 그 진리는 사실로서 실재하는 것이 아닌, 그저 말로서만 있는 허상을 말하고 있는 것이라고 할 수 있네."

"성인이 말한 진리가 허상이란 말인가?"

"책 속에 말로서만 있는 진리가 아니겠는가?"

무하공은 또 한참이나 입을 다물고 말이 없었다. 그러다가 이렇게 말했다.

"진리는 정말 말로서만 있고, 사실로서 실재하는 것은 아니란 말인가?"

"공이 진리를 찾지 못하고 있는 것은 그 때문이 아니겠는가?"

"있지도 않은 것을 찾아다니고 있었단 말이군."

무하공은 이렇게 말하고 또 혼잣말처럼 중얼거렸다.

"성인의 말들이 모두 공허한 것이란 말인가?"

그러자 맹랑 선생이 말했다.

"공이 하고 있는 말도 공허한 것이요, 지금 내가 하고 있는 말도 공허한 것이 아니겠는가?"

무하공의 얼굴 표정이 변하고 있었다. 그러나 맹랑 선생의 영혼도 흔들리면서 두 사람은 함께 방황의 늪으로 빠져들었다.

이튿날 무하공은 다시 맹랑 선생을 찾았다.

무하공이 물었다.

"어제 그대의 영혼도 흔들리고 있는 것을 보았네. 무엇 때문인가?"

맹랑 선생이 말했다.

"나도 공과 같은 마음의 방황 때문이 아니겠는가?"

무하공이 다시 물었다.

"그대도 허상으로 있는 진리를 찾고 있었단 말인가?"

"평생을 책 속에서 살아 왔거늘 어찌 그러지 않을 수 있겠는가?"

하고 맹랑 선생은 대답했다.

무하공이 말했다.

"영혼의 방황은 모두 그 먹물을 먹은 때문이란 말인가?"

"우리의 지식은 모두 서책을 통해 얻은 것이니 아는 것은 모두 문자로서만 있는 허상이요, 쫓는 것 또한 그 허상이 아니겠는가?"

"지식의 굴레에서 벗어날 수 없다는 것이군."

"이미 물든 먹물을 어찌 씻어낼 수 있겠는가?"

그때 책을 가득 실은 수레를 끌고 지나가던 부묵이 다가왔다.

"그대들은 먹물 먹은 것을 후회하고 있는 것인가?"

그리고 수레에 실려 있는 책들을 돌아보면서 다시 말을 했다.

"그대들이 알고 있는 지식은 모두 이 서책에서 온 것이라네. 모르는 것이 무엇이 있겠는가?"

맹랑 선생이 말했다.

"그러나 아는 것은 모두 허상일 뿐, 얻은 것이 아무것도 없다네."

부묵이 말했다.

"책 속에는 없는 것이 없거늘 어찌하여 아무것도 얻은 것이 없다고 하는가?"

무하공이 물었다.

"진리도 있는가?"

"세상 모든 것이 다 들어 있는데 어찌 진리가 없겠는가?"

무하공이 다시 물었다.

"그 진리가 책 밖에도 있는 것인가?"

"책을 떠나서는 아무것도 없다네. 진리가 어떻게 책 밖에 있을 수 있겠는가?"

그리고는 더 할 말이 없다는 듯 부묵은 가버렸다.

부묵이 멀리 사라지는 것을 바라보면서 무하공과 맹랑 선생의 대화는 다시 계속되었다.

무하공이 말했다.

"조금 전에 부묵이 하고 간 말이 무슨 뜻인가?"

맹랑 선생이 그 물음에 대답하듯이 말했다.

"진리는 책 안에 있는 것이요, 책 밖에 있는 것이 아니라는 말 같았네."

"진리만이 아니라 책 밖에는 아무것도 없다고 하지 않았는가?"

"그런 말을 했지. 왜 그런 말을 했는지는 알 수가 없네."

"말의 세계가 곧 사실의 세계라는 것을 말한 것이 아니겠는가?"

하고 무하공이 말했다.

"그런 말일 수도 있겠군."

"그렇다면 책 속에 말로서 있는 진리가 사실로서 실재하는 것일 수도 있지 않겠는가?"

"그럴 수도 있겠군."

"그렇다면 성인의 말들이 공허한 것이 아니요, 진리가 허상으로 있는 것이 아닐 수도 있지 않겠는가?"

"그럴 수도 있겠지."

"그렇다면 어제 우리가 주고받은 이야기는 무엇인가? 진리는 책 속에 말로서만 있고, 사실로서 실재하는 것은 아니라는 것 말이네."

그제야 맹랑 선생은 한참이나 있다가 이렇게 말하였다.

"그러나 그것은 우리가 알고 있는 진리를 말하는 것이네."

무하공이 물었다.

"그러면 우리가 알지 못하는 또 다른 진리가 있다는 것인가?"

"글쎄 그것을 진리라고 할 수 있을지는 모르겠네만, 그러나 우리가 말하고 있는 진리는 아닐세."

"그것은 무엇인가?"

"무엇이라고 해야 할지. 그냥 사실로서 있는 것을 말한다고 할 수 있을 것이네."

"그러나 그것은 진리가 실재한다는 말이 아니겠는가?"

그러자 맹랑 선생은 말했다.

"그렇지 않네. 진리라고 하면 그것은 벌써 우리가 알고 있는 진리, 즉 책 속에서 말로 있는 진리를 가리키고 있는 것이 되네. 그러한 진리는 실재하지 않네. 그러니까 진리가 사실로 실재한다는 말도 성립되지 않는다고 할 수 있네. 진리라는 것은 책 속에 말로서만 있는 것이요. 실재하는 것은 아니네."

"결국 진리는 없다는 것이로군."

"책 속에는 있지."

"그러나 그것은 허상으로 있는 진리가 아닌가?"

"허상이지. 우리의 영혼이 방황하는 것은 바로 그 허상으로 있는 진리 때문이라고 할 수 있네."

"있지도 않은 것을 찾아다닌다는 말이군."

"허상을 쫓아다니는 것이지."

"그대도 그 허상을 쫓아다니고 있단 말인가?"

맹랑 선생은 한참이나 있다가 말하였다.

"이미 먹물에 물든 몸이거늘 어떻게 그 허상에서 벗어날 수 있겠는가?"

무하공은 혼자 말처럼 중얼거리고 있었다.

신부 하나가 승려와 함께 저만큼 지나가면서 하나님과 부처님에 대해서 말하고 있었다. 맹랑 선생과 무하공의 대화와 비슷한 말을 하고 있었다.

하나님은 성경 속에 있고, 부처님은 불경 속에 있을 뿐이라는 것이었다.

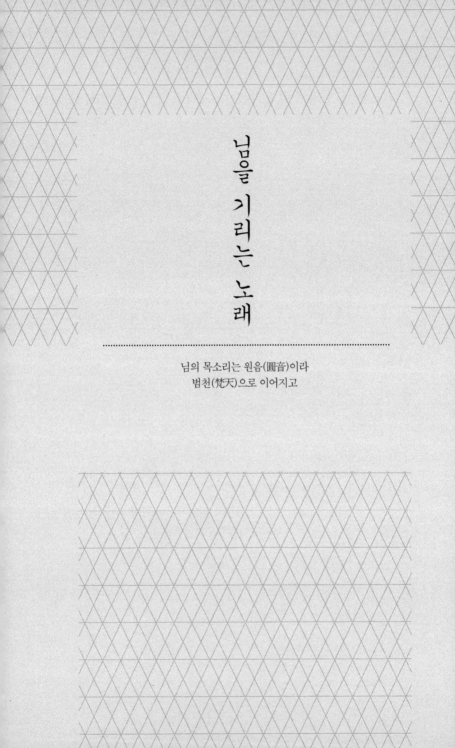

님을 기리는 노래

님의 목소리는 원음(圓音)이라
범천(梵天)으로 이어지고

님을 기리는 노래

님의 목소리는 원음(圓音)이라
범천(梵天)으로 이어지고

안광은 반야의 빛깔이라
닿는 곳마다

사바의 고뇌를 삭혀
중생은 님을 향해 간다

열하나의 얼굴에 번지는 미소는
아쉬움으로 남고

천의 손
천의 눈을 가지고

아픔의 자리 쓸어주고
시름의 구름 걷어간다

품안 깊숙이 숨겨 놓은 마음은
연화 한 가지를
꺾어 만든 자비의 공간

업(業)의 굴레 풀어
그 님을 앉히고 싶은 자리이다

상망과 현주

❖

　맹랑 선생은 현궁에서 만난 현주를 잊지 못하고 있었다. 그녀
는 신녀였다.

　맹랑 선생은 그 여인에게 사로잡혀 있었다. 그의 관념은 그 여
인으로 가득 차 있었다. 이따금 그녀의 목소리가 사실로 들려오
기도 하였고, 어떤 때는 그 모습이 사실로 다가와 마주 서기도
하였다. 그러나 그렇게 마주 서는 여인은 보살이기도 하고, 때로
는 관능적인 여인으로 보살과 창녀의 경계가 무너지는 여인이기
도 하였다.

　맹랑 선생의 마음에는 이미 그 경계가 무너지고 있었다. 그리
고 성과 속의 관계는 한낱 도덕적인 것에 불과하다는 생각을 하
였다. 관념 속의 여인은 보살이었으나 현실로 마주 서는 여인은

굿당의 무녀이기도 하고, 거리의 창녀이기도 하였다. 그 여인에게로 맹랑 선생은 빠져들고 있었다.

맹랑 선생이 저만큼 걸어오고 있었다. 장님 한 사람과 두 여인이 그와 함께 걸어오고 있었다. 장님은 전에 공원에서 초상화를 그려 달라던 그 늙은이요, 여인은 굿당의 무녀요, 그리고 또 한 여인은 초상화를 그려주던 바로 그 젊은 화가였다. 그러나 중간에서 그들은 어디론가 없어지고 맹랑 선생이 홀로 무하공에게로 다가왔다.

"함께 오던 사람들은 어디로 가고 홀로인가?"

무하공이 묻자 맹랑 선생은 뒤돌아보면서 그제야 혼자라는 것을 알았다는 듯이 말했다.

"그렇군. 상망을 따라 다른 곳으로 간 모양이군."

"상망이라니 함께 오던 그 장님을 말하는 것인가?"

"마음먹고 찾아갔더니 그가 바로 상망이었네."

"그러면 지금까지 그 장님과 함께 있었더란 말인가?"

"여러 날을 함께 보냈지. 마침 현주가 들렀기에 오늘 모두 함께 나왔다네. 화가 선생은 오다가 길에서 만난 것이고."

"당신이 지금 무슨 말을 하고 있는지 도무지 알 수가 없군. 그 장님이 상망이요, 옆에 있던 여인이 현주란 말인가?"

"화가는 이름을 '하나'라고 하였네."

무하공은 다짐하듯이 또 한 번 이렇게 물었다.

"당신이 오매불망하던 상망과 현주란 말인가?"

맹랑 선생이 말했다.

"장님은 자기가 상망이라고 하였고, 여인도 옆에 있다가 자기가 현주라고 하였네."

무하공은 너무나 어이가 없어 할 말을 잃었다. 맹랑 선생의 말로는 그들이 그리도 찾아다니던 상망이요, 현주인지, 아니면 그저 장님의 이름이 상망이요, 여인의 이름이 현주라는 것을 말하는 것인지 알 수가 없었다.

무하공은 몹시 혼란스러웠다. 그러나 맹랑 선생의 말을 더 물고 늘어져봐야 소용없다는 생각을 하고는 그저 그의 얼굴만을 한참 바라보다가 이렇게 말하였다.

"상망과 현주를 만났으니 당신의 방황이 이제는 끝날 수도 있을지 모르겠군."

그러나 뜻밖에도 맹랑 선생은 무하공의 말을 강하게 부정하였다.

"아닐세, 아닐세."

갑자기 그의 얼굴이 고뇌로 가득 채워지고 있었다.

"왜 그러는가 상망과 현주를 찾았다고 하지 않았는가? 그들을 만났다고 하지 않았는가?"

"아닐세, 아닐세."

그는 또 한 번 이렇게 말하였다.

"아니라니, 그들이 상망과 현주가 아니었단 말인가? 방황이 끝나지 않더라는 말인가?"

"그들은 나의 영혼을 조금도 받아들일 생각을 하지 않았다네. 마음을 주려고도 받으려고도 하지 않았다네."

"그들이 그렇게도 무심한 사람이었는가?"

"뼛속까지 배어든 먹물을 씻어낼 수 없었기 때문이네. 누구를 원망하겠는가?"

"상망 앞에 가면 알고 있는 것이 다 없어지더라는 말은 무엇인가? 당신은 며칠을 함께하면서도 먹물이 지워지지 않더란 말인가?"

"상망이 어떤 사람인지 알 수가 없더란 말이네."

"현주는 어떤 여인이었는가?"

"현주도 나에게 눈길 한 번 주지를 않았다네."

"그런데도 며칠을 함께 있었단 말인가?"

"그러나 왠지 쉽게 일어나지 못했다네."

맹랑 선생은 허탈한 마음에 빠져들고 있는 것 같았다.

"상망을 만나도 소용없을 거라는 부묵의 말은 그래서 한 말이었나 보군."

"부묵이 그런 말을 하더란 말인가?"

"당신이 상망을 찾아갔다고 하니까 그런 말을 하더군."

그러나 맹랑 선생은 이렇게 말하였다.

"그렇다고 상망을 찾지 않으면 누구를 찾을 것이며, 현주를 만나지 않는다면 누구를 만날 것인가?"

무하공은 맹랑 선생의 영혼이 조금도 치유되지 않는 것은 상 망 아닌 사람을 상망으로 알고 현주 아닌 여인을 현주로 잘못 알고 있기 때문인지도 모른다고 생각했다.

"어떻게 전에 공원에서 본 장님이 상망일 수가 있으며, 굿당에서 춤을 추던 무녀가 현주일 수가 있단 말인가?"

그러나 맹랑 선생의 영혼은 그대로 무하공의 영혼이 되어 더욱 깊은 방황의 수렁에 빠져들고 있었다.

학 한 마리
하늘 높이 날아가니
그 그림자 강물에 드리운다

학은
흔적을 남기려는 마음이 있었던 것이 아니요
강물 또한
그림자를 만들고 싶어 만든 것이
아니노라

그때 백발노인 하나가 맹랑 선생과 무하공 앞을 지나가면서 노래를 불렀다.

무하공이 다가가 물었다.

"노인장은 현주를 아는가? 현주는 어떤 여인인가?"

"세상을 아름답게 보는 여인이지."

이번에는 맹랑 선생이 물었다.

"노인장은 상망을 아는가? 상망은 어떤 사람인가?"

"그림자가 없는 사람이네. 그래서 늘 현주와 함께할 수 있는 사람이지."

무하공이 다시 나서서 물으려고 하자 갑자기 노인은 그들 앞에서 사라지고 보이지 않았다.

두 사람은 잠시 당황하였으나 맹랑 선생이 이렇게 말하였다.

"노인을 어디서 본 것 같지 않은가? 낯선 얼굴이 아니었네."

"나도 지금 그런 생각을 하고 있었네."

한참이나 있다가 생각이 난다는 듯 맹랑 선생이 말했다.

"그래 그 노인은 바로 청허야. 무량사의 청허 스님이란 말이네."

"그날 대웅전 뜰에서 함께 춤을 추던 그 노스님 말인가?"

"승복 차림이 아니라서 우리가 그를 얼른 알아보지를 못한 것이네."

"그렇군. 바로 그 청허 스님이었군. 청허 스님의 영혼이었어."

하고 무하공이 말하였다.

"그런데 그가 부르고 있던 노래 말이네. 스스로를 말하고 있는 것 같지 않았는가?"

맹랑 선생의 말에 무하공이 대답했다.

"나도 그런 생각이 들었어."

그러자 맹랑 선생이 다시 말했다.

"죽고 없는 자기를 사람들이 아직도 말하고 있는 것은 남기고 온 흔적이 있기 때문이라고 하는 것 같더군. 그리고 그것을 스스로의 허물로 돌리고 있는 것 같았네."

"그리고 상망을 그림자 없는 사람이라고 말하더군."

"그랬지. 상망을 두고 그런 말을 했지."

무하공과 맹랑 선생은 청허의 모습이 사라진 이후 상망과 현주를 생각하였다. 그들이 어떤 사람인지를 생각하였다. 앞 못 보는 장님과 치마끈을 쉽게 푼다는 굿당 여인이 상망과 현주일지도 모른다는 생각을 하였다. 그리고 두 사람은 그녀에게로 더욱 빠져들고 있었다.

"그런데 그 젊은 화가는 이름이 하나라고 했던가? 그가 어떻게 상망과 함께하고 있단 말인가?"

"그것은 알 수 없는 일이네. 길에서 만났다 하였으나 전부터 서로 알고 있는 사람 같았네."

"그거야 그의 초상화를 그려준 그 젊은 화가 여인이 아닌가? 어찌 모르겠는가?"

"그런가? 그러나 상망은 그 젊은 화가 여인의 손을 잡고 있었네."

"현주가 아닌 그 젊은 화가의 손을 말인가?"

"그렇다네. 그리고 그 젊은 화가는 보살 같은 표정을 짓고 있었네."

그 말을 듣고 무하공은 화가라는 그 젊은 여인을 생각하였다.

갑자기 그 여인이 어둠 속에 피어난 박꽃처럼 소복을 입은 여인의 모습으로 다가왔다. 석탄절 무량사 대웅전 뜰에서 본 그 여인 같기도 하였다.

꿈속의 박꽃 여인

❖

현주가 무하공 앞에 나타났다. 가까이 다가와 마주 앉으며 그의 손을 잡았다. 그리고 이렇게 말하였다.

"신발도 못 신고 버선발로 달려오는 이 한밤 여인의 마음을 그대는 아는가?"

현주는 무하공을 상망으로 알고 있었다. 그녀는 또 이렇게 말하였다.

"마음으로 다하지 못하여 희언(希言)으로 말하는 미풍의 손짓을 그대는 아는가?"

현주는 마음속의 모든 것을 상망에게 쏟아놓고 있었다. 무하공은 아무 말도 하지 못하였다. 부끄러웠다. 상망의 가면을 쓴 채 현주의 얼굴만을 바라보고 있었다.

현주가 상망에게 하는 말은
얼마나 따뜻하고 아름다운가

여항(閭巷)의 비어(卑語)도
현주의 말로 나오면
보살의 원음이요

불타의 진언도
상망의 입에서 나오면
적자의 마음이로다

무하공은 이렇게 노래를 불렀다. 현주와 상망을 찬미하는 노래
였다. 현주는 그 노래를 듣고 기뻐하였다. 그리고 황홀해 하였다.
이번에는 현주가 노래를 불렀다.

하얀 신발을 닦아
댓돌 위에 놓는다
신을 신는다

여인의 마음이 자국을 놓아간다
닦아서 하얀 신발은
여인만이 신을 사람을 안다

무하공이 다시 노래를 불렀다.

지고하고 지순하고
아름답고 풀잎 같고

맑고 청순한 여인이여
한밤의 박꽃 같은 여인이여

현주는 잠이 들고 있었다. 무하공은 현주를 안았다. 잠이 든 현주의 얼굴을 들여다보며 환희에 차 있었다.

현주가 눈을 뜬다. 잠에서 깨어났다. 그리고 광대가 되어 있는 무하공을 알아보고 눈살을 찌푸리고 돌아앉았다. 광대는 상망의 탈을 벗고 무하공의 모습으로 돌아와 있었다.

무하공은 잠시 꿈속에서 현주를 만나 노닐다가 깨어났다. 꿈속에서 상망이 되어 현주를 안아볼 수 있었다. 광대는 황홀하였다. 망묘조를 타고 하늘을 올라가고 있었다. 그러나 상망인 줄 알고 다가왔던 현주는 명주 전대 속에 개똥이 들어 있음을 알고 말없이 떠났다. 무하공은 부끄러워 전대를 풀어 얼굴을 가렸다.

하늘을 바라본다. 구름 속으로 현주가 사라지고 있었다. 무림 (霧霖) 속으로 사라지고 있었다.

한밤의 영혼

❖

"아니 저 빛은 무엇인가?

영혼의 빛이야. 반야의 빛일 수도 있지."

어둠 속에서 검은 구슬 하나가 빛나고 있었다. 황홀한 빛이었다. 아름답기 이를 데 없었다. 황금빛, 아니 처음 보는 빛이었다. 부처님의 후광이 바로 저런 빛일까? 그렇다면 저것은 반야의 빛이요, 진리의 빛이었다.

그러나 다가오고 있는 것은 검은 구슬인데, 그것이 어떻게 저런 빛을 낼 수 있단 말인가? 아름다운 빛, 그것은 한밤의 영혼이었다.

영혼은 이렇게 말했다.

"멍청이로군."

무하공은 그것이 현주의 목소리임을 알고 깜짝 놀랐다.

어둠 속에서 영혼의 목소리는 다시 들려왔다.

'당신의 영혼은 치유할 수가 없겠구나. 누가 그 굴레를 벗겨줄 것인가? 수묵화 노송 아래서 방뇨하던 여인을 그대는 아는가?'

그날 밤 무하공은 꿈속에서 현주의 궁둥이를 보았다. 엉덩이를 발기고 앉아 방뇨하는 그녀의 모습을 보았다. 바위가 들먹이고 노송의 뿌리가 뽑힐 만큼 그녀의 오줌발은 그렇게 세차게 쏟아졌다.

"아, 그것은 얼마나 시원한 광경이었는가?"

현주는 맹랑 선생이 계곡 동굴의 현궁에서 만났다는 그 신녀였다.

어둠 속에서 들리는 영혼의 목소리는 바로 그 신녀 현주의 목소리였다.

모든 물감을 한곳에 풀어 놓아보라. 검은색이 된다. 모든 빛을 한곳에 놓아보라. 빛은 없어지고 무광이 된다.

모든 색을 머금고 하나로 있는 어둠, 모든 빛을 품고 무광으로 있는 밤이다. 그 어둠의 밤은 찬란한 세상의 온갖 구별을 머금고 하나로 있다. 온갖 현상, 빛, 색 구별을 머금고 있는 그 하나의 광채는 모습이 없고, 색이 없고, 빛이 없다. 그러나 그 하나 안에서 모든 빛과 모든 색과 모든 형상, 그리고 모든 구별을 가지는 존재를 찬란하게 발산한다.

이 발산하는 광채, 그것은 다름 아닌 진리의 빛이요, 생명의 빛이었다.

지금 한밤에 다가오는 검은 구슬이 그러한 광채를 발산하고 있었다. 어둠 속에서 피어난 박꽃이 그러한 빛을 발산하고 있었다. 현주가 바로 그 검은 구슬을 목에 걸고 있었다. 한밤 어둠 속에 피어나는 모습을 드러내고 있는 박꽃이었다.

무하공은 지금 그 여인에게 영혼을 빼앗기고 있는 것이다. 그러나 그는 그 여인에게로 다가갈 수가 없었다. 여인은 현실 속에 사실로서 있는 실체로서, 서책 속의 허상으로 있는 여인이 아니기 때문이었다. 먹물을 먹은 사람에게 마주 서는 춘향이나 황진이 같은 여인이 아니기 때문이었다.

변사또는 춘향을 안아볼 수 없었고
벽계수는 진이를 품어볼 수 없었네라

그들이 끝내 함께하지 못했던 것은 그녀들이 세상 밖에 있는 여인이었기 때문이다. 진실은 서책 밖에 사실로서 있는 것이다. 먹물을 먹은 사람이 어떻게 그 사실과 마주 설 수 있겠는가. 무하공이 현주에게 다가갈 수 없는 것도, 방황하는 것도 먹물을 먹은 데 그 이유가 있었다.

악령

❖

"무하공! 무하공!"

어디선가 무하공을 부르는 소리가 들려왔다. 무하공은 그 목소리 속으로 빨려 들어가고 있었다.

무하공은 가까스로 정신을 차리고 말했다.

"당신은 누구인가?"

소리 나는 쪽을 바라보니 검은 구슬을 목에 건 여인이 저만큼 서 있었다. 무하공이 다가갔으나 그녀와의 거리는 조금도 가까워지지 않았다. 말없이 저만큼 떨어져 웃음 띤 얼굴로 바라보고만 있었다.

"당신은 누구인가?"

무하공은 다시 물었다. 그러나 여인은 목에 걸고 있던 검은 구슬을 벗어 치마 속에 감추면서 다가왔다. 그리고 다시 꺼냈을 때 그것은 쇠사슬로 된 올가미로 변해 있었다. 무하공의 영혼은 그 올가미 속으로 들어가고 있었다.

갑자기 즐거워지며 환희와 함께 무서운 고통이 몰려들었다.

"멍청이로군."

여인은 이렇게 한마디 던지고는 어디론가 사라져 모습을 보이지 않았다. 즐거움과 환희는 없어지고, 무서운 고통만이 몰려왔다.

악령 하나가 무하공의 영혼을 무섭게 압박하고 있었다. 영혼을 흔들었다. 마음은 갈기갈기 찢어지고 정신은 혼돈 속에 빠져들면서 온몸을 흐느적거리게 하고 있었다. 그 악령은 오래전부터 무하공을 괴롭혀왔다. 지금은 완전히 그 악령의 포로가 되고 있었다. 온갖 고뇌의 늪으로 빠져들게 하고 있었다. 모든 것을 흔들어놓고 있었다. 잣대의 눈금을 흔들고, 시계의 바늘과 자판을 흔들고 있었다. 시간과 공간이 흔들리고 있었다. 모든 존재의 기반이 흔들리고 있었다.

"현주의 망령이 그 악령이란 말인가?"

악령은 하늘과 땅 사이를 넘나들면서 끊임없는 고뇌의 풀무질을 계속하고 있었다. 바람은 무하공의 영혼을 가만두지 않았다. 혼란스럽게 하고 있었다. 모든 질서가 무너지고 있었다. 하늘이 무너지고 땅이 꺼지는 어지러움 속에 온몸을 집어넣고 있었다.

영혼이 썩어 들어가고 있었다. 냄새가 났다. 그것은 유황 냄새

같기도 하고, 어물전에서 나는 버려진 생선 비린내 같기도 하였다. 사람들이 이러한 냄새를 맡고 이러한 마음을 볼 수 없다는 것은 얼마나 다행한 일인가? 그러나 무하공은 스스로의 영혼을 유리알처럼 들여다보고 있었다. 그리고 몸서리치고 있었다. 무하공은 이러한 고통을 이겨낼 힘도 치유될 가망도 없이 무한히 자기 학대의 무덤을 파면서 할퀴고 상처 내고 피를 흘리고 있었다.

악령은 어떤 사악한 악마의 유령인지도 모른다. 그것은 남을 괴롭히고 해치고 망가뜨리는 유령이 아니라 마음속에서 스스로의 영혼을 참담하게 만들고 무너뜨리고 있는 유령이었다.

다시 악령이 나타났다. 그것은 다름 아닌 현주의 망령이었다. 무하공은 지금 그녀에게 농락당하고 있는 것이다. 그러나 그는 그 망령의 손길에서 벗어날 수가 없었다. 무하공만이 아니라 많은 사람들의 영혼이 그 망령으로 인해 망가지고 병들고 파괴되고 스스로를 학대하고 있는 것이다. 어쩌면 그 망령에 철저하게 놀아나고 있는 어릿광대들이 세상에서 칭송받고 있는 사람들인지 모른다.

성인들, 그들의 영혼은 지금도 헤어나지 못하고 책갈피 속에서 신음하고 있지 않은가? 그들이 남기고 간 말들 속에서 그 신음 소리는 계속 들려오고 있지 않은가?

실로 현주의 망령은 진리라는 탈을 쓰고 많은 사람들을 어릿광대로 만들어놓고 있었다.

승려와 신부 하나가 함께 걸어가고 있었다. 한 사람은 부처님의 광대요, 한 사람은 하나님의 광대였다. 그러나 저들이 안고 있는 부처님이나 하나님은 다름 아닌 현주의 망령에 지나지 않았다. 어떻게 그것이 망령이 아닌 실체로 있는 것이겠는가?

그러나 그들은 하나님도 실재한다고 믿고 있고, 부처님도 실재한다고 믿고 있다. 그들이 광대놀음을 멈추지 못하는 것은 그 때문이었다.

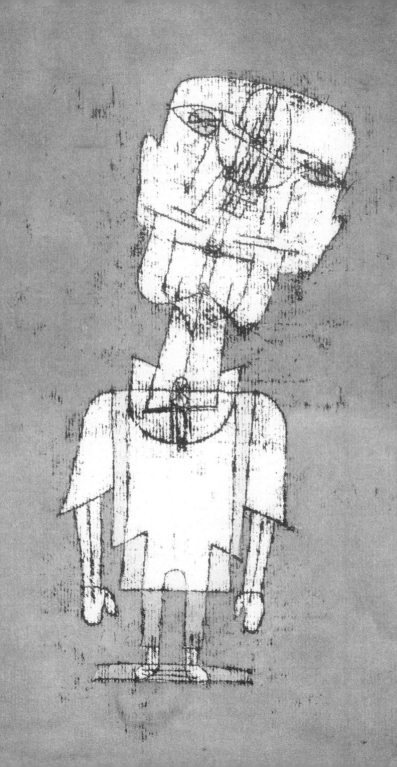

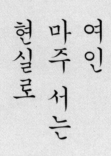

여인
마주 서는
현실로

현주가 달빛 속에서 다가오고 있었다

그날 밤

❖

달이 밝은 밤이었다.

검은 구슬 하나가 다가왔다. 현주였다. 현주가 달빛 속에서 다가오고 있었다. 그리고 무하공을 이끌고 수림 속으로 들어갔다. 자꾸자꾸 들어갔다. 한참을 들어가자 수림은 끝나고 풀밭에 옹달샘 하나가 나타났다.

"이 물을 먹으면 좋을 거야."

옹달샘에는 달 하나가 내려와 앉아 있었다. 현주는 샘물을 두 손바닥으로 떠서 무하공에게 세 번이나 먹여주었다. 무하공은 말없이 받아먹었다. 황홀하였다. 마음이 환희로 가득 차고 있었다.

"월정수야."

월정수, 달의 영혼이라는 말이었다. 무하공은 물을 먹은 것이 아니라 달을 먹은 것이었다. 영혼이 맑아지고 있었다.

현주의 얼굴을 쳐다보았다. 달빛이 그녀의 얼굴을 비추고 있었다. 곱고 아름다웠다. 온몸은 향기를 내뿜고 있었다. 그 향기가 무하공의 마음속까지 스며들고 있었다.

"월정수."

그것은 달의 영혼이 아니라 현주의 영혼이었다. 무하공은 현주의 영혼을 먹은 것이었다. 그녀의 영혼이 마음속에 들어와 있었다. 향기가 살 속으로 파고들고 있었다.

잠시 마음에 폭풍이 일어났다가 가라앉는다. 먹피 같은 상처는 아물어갔다. 관음을 만나 영혼은 청아하고, 마음은 편안하였다. 성속의 경계가 무너지고 선악, 미추, 시비의 경계가 무너지고 있었다. 모든 경계가 무너지고 있었다.

현주는 아무 말도 하지 않았다. 무하공의 손을 꼭 잡고 눈으로만 말하고 있었다. 영혼으로만 말하고 있었다. 현주는 무하공의 마음속에 들어가 있었고, 무하공은 현주의 마음속에 들어가 있었다. 마음은 모든 경계가 무너진 자리에 있었다. 말의 길이 끊어진 자리에 가 있었다. 앎의 자리 밖에 있었다. 무엇을 말하고 무엇을 들을 필요가 있으랴? 말은 하나 됨을 갈라 구별하고, 경계를 만들어 소통을 방해할 뿐이다. 말이 요구될 때, 진실은 사실 뒤에 숨어 아무것도 전달되지 않는 것이다. 현주는 그것을 알았고, 무하공도 그것을 알고 있었다. 얼마 동안은 그러고 있었다.

현궁에서 만났을 때처럼, 현주는 무하공을 이끌고 계곡으로 내려갔다. 그리고 그때처럼 흐르는 물에 그녀는 발을 담갔다. 무하공은 말없이 그녀의 발을 씻겼다. 발은 작았으나 백옥처럼 맑았다.

무하공은 두 팔로 현주를 안아 무릎 위에 앉혔다. 그리고 그녀의 얼굴을 들여다보았다. 그녀도 무하공의 얼굴을 올려다보았다. 왕방울 같은 눈망울은 무하공의 눈길을 삼켰고, 활화산 같은 입은 정염을 쏟아내고 있었다. 달빛이 그들을 비쳐주고 있었다. 그러나 곧 달빛은 없어지고 어둠이 몰려와 두 사람을 감싸 안으면서 아무것도 없는 무로 들어가고 있었다.

그날 밤 현주는 무하공을 데리고 자기 집으로 들어가 치마끈을 풀었다. 그리고 무하공은 대책 없는 고삐를 풀어주고 있었다.

그녀의 방

❖

무하공은 퍽 오랜 시간을 서 있었다. 그런데도 불구하고 현주는 눈길 한 번 주는 일이 없었다. 그녀는 소파에 다리를 꼬고 앉아 손톱을 다듬고 있었다.

처음 현주의 방에 들어섰을 때, 그녀는 막 목욕을 하고 욕실에서 나오고 있었다. 무하공을 보고도 아무렇지도 않은 듯 그냥 지나쳐 화장대의 거울 앞으로 가 앉았다. 그러고는 화장하는 일로 한 시간 이상을 보냈다. 화장을 하고는 또 머리를 만지는 일로 시간을 보냈다. 이제는 끝났으려니 했더니 이번에는 침실 앞에 놓여 있는 소파로 옮겨 앉아 손톱 다듬는 일을 시작했다. 얼마간은 손톱을 다듬고 있었으나 길게 자란 것이 아니었으므로 사실은 손톱을 다듬고 있는 것이 아니라 손톱 위로 일어나 있는 손가

락의 까스럼 살갗을 물어뜯고 있었다. 핏방울이 방울방울 내비
치는 손끝의 피를 입으로 빨면서 그 일을 계속했다. 그러나 그것
은 그녀가 무료한 시간을 보내느라고 그냥 하고 있는 것 같았다.
아까부터 자기 앞에 서 있는 무하공은 관심이 없다는 뜻이기도
하였다. 그러나 무하공은 현주의 그러한 행동이 모두 아름답기
만 하였다. 바라보는 것만으로도 행복하였다.

　현주가 걸치고 있는 분홍빛 실크 잠옷은 너무 얇아 속살을 하
나도 가리고 있지 않았다. 그것이 그녀의 관능적인 몸매를 한층
더 드러내주고 있었다.

　방안의 모든 것은 그날 밤 처음으로 현주의 방에 들어왔을 때
처럼 잘 정돈되어 있었다. 나무를 깎아 만든 기러기 한 쌍은 화
장대 위에 그대로 있었고, 동자 얼굴을 한 달마상 인형도 그 옆
에 그대로 있었다. 그리고 벽에 걸린 그림 액자들은 어쩌면 그렇
게 제 자리에 있는지 감탄스러울 정도였다.

　그러나 화장대 위쪽으로 벽에 걸려 있는 초상화는 여전히 누
구의 얼굴인지 알 수가 없었다. 눈동자는 분명하게 그려져 있었
으나 그것은 아무것도 보고 있지 않다는 그런 묘한 표정을 드러
내고 있는 눈길이었다. 그래서인지 초상화 자체도 설명이 잘 안
되는 사람의 얼굴을 그린 것 같았다. 그러나 그 초상화는 이 방
에서 가장 좋은 자리에 소중하게 걸려 있다는 생각이 들었다.

흰색의 얇은 망사 커튼이 드리워져 있는 침실 안은 약간 흐트러져 있었다. 그것은 방금 누군가 자고 갔다는 것을 말해주고 있었다.

벽에 걸린 시계는 낮 3시에 접어들고 있어서 두 바늘이 일직선을 이루고 있었다. 이런 한낮의 시간에 그녀가 욕실에서 나오는 게 처음에는 조금 이상하다고 생각했으나 미처 정리하지 않은 흐트러진 침실을 보자 그 의문은 금세 풀어질 수가 있었다. 무하공은 방안의 모든 분위기를 읽으면서 두 시간 넘게 서 있었다. 다리가 저려 후들후들 떨려왔다. 현주는 줄곧 그대로 앉아 있었다.

"이렇게 오래 머물 생각은 아니었는데."

무하공은 혼잣말처럼 중얼거렸다. 그 말을 들었는지 현주는 그제야 하던 동작을 멈추고 무하공을 바라보았다. 처음 보이는 반응이었다. 그러나 마치 모르는 사람처럼 바라보았을 뿐 그녀는 아무 말도 하지 않았다.

무하공은 조금 서운하기도 하고 한편으로는 당황스럽기도 하였다. 물론 반갑게 맞이해주리라는 생각은 하지 않았으나 그렇다고 모르는 사람처럼 대하리라고도 생각하지 않았다. 무하공에게는 그날 밤의 일이 아무것도 아닐 수는 없는 노릇이었기 때문이었다. 그러나 현주는 아무 일도 아니었다는 듯 무하공을 대하고 있었다. 모르는 사람처럼 대하고 있었다. 무하공은 잠시 서운했지만, 정말 잠시였다. 금세 그의 마음은 처음 방에 들어섰을 때처럼 기쁨과 행복감으로 가득 채워졌다. 현주의 방에서 현주를 바라보고 있다는 사실만으로도 그에게는 행복감이 넘치고 있었다. 그녀가 모르는 사람처럼 바라보든지 아무런 관심도 보여주지 않든지 간에 그런 것이 그의 행복감을 줄어들게 하지는 못하였다.

"당신은 멍청이로군."

그때 현주가 한마디 내뱉듯이 말하였다. 그것은 따뜻하거나 친근한 말은 전혀 아니었다. 그러나 그 한마디로 현주의 마음이 전해오고 있었다. 무하공은 더욱 행복감에 젖어들었다. 그러나 그는 아무 말도 하지 못하고, 현주의 얼굴만을 바라보았을 뿐이었다. 그는 현주의 말대로 점점 더 멍청해지고 있었다. 무슨 말을 해야 할지도 모르는 바보스러움으로 빠져들고 있었다.

무하공이 현주의 집을 찾은 것은 계곡에서 발을 씻기던 날 밤에 있었던 일에 대해서 말하고 싶은 게 있어서였다. 그날 밤 일어났던 모든 일들과 숲속 옹달샘에서 현주가 손바닥으로 먹여주던 것이 무엇이었는지, 그리고 치마끈을 풀고 무슨 일이 있었는지 묻고 싶었다. 그날 밤 달빛이 밝았으므로, 그 달빛을 말하고 싶었는지도 모른다.

그러나 오늘 현주의 방을 들어섰을 때 그녀는 발가벗은 몸으로 욕실을 나오고 있었고, 흐트러진 침실을 보고는 그녀가 방금 무슨 짓을 하고 있었는지를 알 수 있었기 때문에, 쉽게 입을 열 수 없었던 것이다.

현실로 마주 서는 여인

무하공은 현주를 바라보다가 다시 벽에 걸린 초상화를 바라
보았다.

그렇다. 그 얼굴이다.

그때서야 무하공은 초상화의 인물이 떠올랐다. 초상화는 전에
공원에서 본 일이 있는 장님의 얼굴이었다. 그리고 얼마 전 길에
서 맹랑 선생과 함께 걸어오다 없어진 그 장님의 얼굴이었다. 그
때 맹랑 선생은 그를 상망이라 하지 않았는가? 바로 그 상망의 초
상화였다. 그 초상화가 지금 현주의 방에 걸려 있는 것이다.

무하공은 다시 현주를 바라보았다. 그리고 그때 장님과 같이
걸어오다가 없어진 여인이 생각났다. 함께 가던 젊은 화가 여인
이 떠올랐다. 그날 맹랑 선생과 함께 걸어오던 장님과 여인이 바
로 상망과 현주였다. 그러나 그때 맹랑 선생은 상망이 어떤 인물
인지 알 수 없다고 말하였다. 현주도 어떤 여인인지 알 수 없다고
말하였다. 지금 무하공은 그때와 같은 마음에 빠져들고 있었다.

그러나 그때 죽은 청허 스님이 느닷없이 나타나 상망을 그림
자 없는 사람이요, 현주는 세상을 아름답게 보는 여인이라고 하
지 않았던가? 바로 그 상망과 현주란 말인가?

무하공은 그제야 방금 현주의 방에서 뒹굴다 간 사람이 상망
이라는 것을 알 수 있었다. 거울 앞에 다시 와 앉아 있는 현주의
몸에서는 이상한 광기가 내뿜어지고 있었다. 처음엔 몰랐지만
그것은 확실히 환희에 찬 광기였다. 액자에 걸려 있는 초상화의

얼굴에서도 그러한 광기가 흘러나오고 있는 것 같았다.

얼마 안 있어 현주는 요란한 옷차림으로 외출할 준비를 하고 있었다.

무하공은 할 말을 잊은 채 현주의 방을 나왔다.

현주의 집 앞

❖

    무하공은 현주의 집 앞을 서성거렸다. 이웃집 여인들이 그를 보고 수군거렸다.

    "저 광대가 또 찾아왔군."

    "오늘은 창문도 열어보지 않는데."

    "집에 없는가 보지, 뭐."

    그때 이층 쌍창이 열리면서 현주가 밖을 내다봤다.

    "쉿, 저것 좀 봐. 대낮에도 그 짓을 하고 있었나보군."

    현주는 젖가슴을 다 드러낸 채였다. 옆에 사내 하나가 싱글벙글 웃고 있는 모습이 보였다.

    무하공은 아는 체를 하였으나 현주는 외면을 하고 다시 문을 닫았다. 무하공은 발길을 옮겼다.

그때 다시 쌍창이 열리고, 현주는 사내와 함께 멀어지는 무하공을 바라보면서 말을 했다.

"저 광대가 맹랑 선생이란 말인가?"

사내가 관심을 가지고 물었다. 현주는 그렇다고 대답을 했다.

"그는 아는 것이 많은 사람인가?"

하고 사내가 또 물었다.

"없는 것을 있다고 찾아다니는 사람이지."

"멍청한 사람이로군."

그리고는 더 관심이 없다는 듯 두 사람은 창문을 소리가 나도록 닫았다.

두 사람은 다시 낄낄거렸다. 그 소리가 거리까지 들려왔다.

무하공은 현주의 집을 떠나 정신없이 걷고 있었다. 다리가 후들후들 떨렸다. 하늘을 쳐다보았다. 멀리 구름 한 점이 떠 있었다. 그는 혼잣말처럼 중얼거렸다.

"주려고 해도
받는 사람이 없고
받으려고 해도
주는 사람이 없네

마음은 본래

그런 것인가
　나만 홀로
　그런 것인가"

　무하공은 혼란스러운 마음을 이렇게 달랬다. 현주가 점점 더
모르는 여인으로 돌아가고 있었기 때문이다.
　그녀는 가끔 가출을 했다. 그리고 자주 치마끈을 풀었다. 누
구 앞에서 옷을 벗었는지 상망은 묻지 않았다. 그래서 그녀는 기
억할 필요가 없었다. 기억이 없으면 현전(現前)만이 있을 것이요,
세상은 아름다울 것이다.

　영혼이 혼란스러운 것은 기억 때문이다. 그 기억의 도구가 문
자요, 그 기억을 저장한 창고가 서책이다.
　인류가 타락한 것은 아담과 하와가 사과 한 알을 따먹은 때문
이요, 영혼이 고뇌의 수렁에 빠져 헤어날 수 없는 것은 문자와
서책 때문이다. 한번 따먹은 사과는 토해낼 수가 없고, 한번 먹
은 먹물은 씻어낼 수가 없으니 어찌 방황을 끝낼 수 있으랴.
　"먹물을 먹은 탓이로다."
　"먹물을 먹은 탓이로다."
　무하공의 방황은 한없이 계속 되고 있었다.

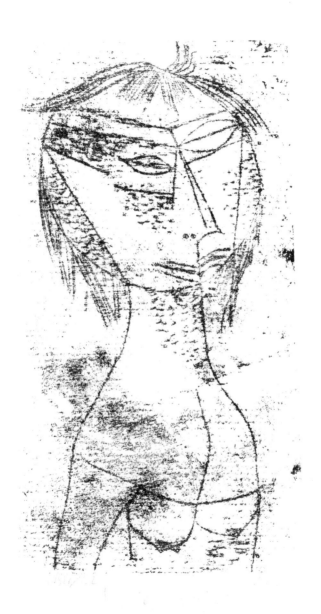

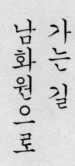

남화원으로
가는 길

한 여인이 강물에다
먹물을 풀고 앉아 있었다

한 여인이 강물에다 먹물을 풀고 앉아 있었다.

노인이 마당비보다 더 큰 붓봉을 강물에 푹 찍어 하늘에다 난 한 폭을 그려나갔다. 어깨에 학 한 마리가 날아와 앉는다.

무하공이 바라보고 있다가 말했다.

"저 광경은 세상 안의 일이 아니로군."

맹랑 선생이 옆에서 말했다.

"그렇군. 세상 밖의 일이로군."

무하공이 다시 말했다.

"강물에 먹물을 풀고 있는 여인은 누구인가?"

"현주인 것 같군."

하고 맹랑 선생이 말했다.

"하늘에다 난을 치고 있는 사람은 상망인가?"

"그렇군. 상망이로군."

그러자 무하공은 맹랑 선생에게 다시 물었다.

"그런데 어찌하여 자네는 저들을 만나러 가지 않고 멀리서 바라보고만 있는 것인가?"

맹랑 선생이 말했다.

"세상 밖의 사람을 어떻게 만나볼 수 있겠는가?"

"그러나 저들은 분명 현주와 상망이 아닌가? 내가 가서 만나보고 오겠네."

하고 무하공은 여인과 노인이 있는 곳으로 갔다. 그러나 얼마 되지 않아 그는 물에 흠뻑 젖은 몸으로 돌아왔다.

"자네 말이 맞는 것 같네. 아무도 만날 수가 없었네."

그러자 맹랑 선생이 말했다.

"그런데 어찌하여 물에 빠져 그런 모습으로 돌아왔는가?"

"그들이 강물로 들어가는 것 같아 따라가다가 이리 되었다네."

하고 무하공이 말했다.

"세상 밖의 사람을 만나려 하였으니 어찌 낭패를 당하지 않을 수 있었겠는가?"

"현주와 상망이 세상 밖 사람이란 말인가?"

그러나 맹랑 선생은 말이 없었다. 그리고 눈앞의 광경도 보이지 않았다. 강물도 사람도 사라지고 보이지 않았다.

"맹랑공, 어찌된 일인가? 지금까지 보고 있던 광경은 무엇이란 말인가? 여인도 노인도 아무도 없지 않은가?"

"나도 혼란스럽군. 우리는 지금 어디로 가는 길인가?"

"나는 맹랑공 자네를 따라왔을 뿐이네. 남화원으로 가는 길이 아니던가?"

"그렇군. 남화원을 찾아가는 길이었군."

두 사람은 그제야 정신을 차린 듯 가던 길을 걸어갔다.

한참을 가다가 마을 어귀에서 아이들이 놀고 있는 광경을 보았다. 한 아이는 도망을 가고, 또 한 아이는 도망치는 그 아이를 쫓아가고 있었다. 도망가는 아이는 얼마 안 가서 곧 붙잡힐 위기에 처하자 더 달리지 않고 돌아서더니 길바닥에다 길게 금을 하나 긋고는 크게 소리를 질렀다.

"이 금을 넘어오면 너는 개새끼다."

그러자 쫓아가던 아이는 금을 그어놓은 곳까지 와서는 더 따라가지 못하고 걸음을 멈추었다. 그리고 소리를 질렀다.

"이 나쁜 놈아!"

다른 아이들이 그것을 보고 까르르 웃어댔다.

얼마를 가다가 이번에는 노인 하나가 자기 집 싸리문 위에다 금(禁)줄을 치고 있는 것을 보았다. 그 금줄에는 청솔가지, 돌멩이, 빨간 고추, 숯덩이가 매달려 있었다. 방금 며느리가 아들을 출산한 모양이었다. 걸인 하나가 들어오려다가 그 금줄을 쳐다보고는 말없이 발길을 돌렸다.

무하공이 맹랑 선생에게 물었다.

"이상한 일이군. 조금 전에는 쫓아가던 아이가 더 따라가지 못하고 걸음을 멈추었고, 지금은 걸인이 금줄을 보고는 뜰 안을 들어서지 못하고 발길을 돌렸네."

"그것이 뭐가 이상하다는 말인가?"

무하공이 물었다.

"그 금줄을 누가 정했는가?"

"하늘이 정한 것이지. 어떻게 사람이 정한 것이겠는가?"

하고 맹랑 선생은 말했다. 그도 속으로는 그 일을 생각하고 있었던 것이다.

무하공이 다시 물었다.

"그러나 땅에 금을 그은 것은 아이였고, 싸리문 위에다 금줄을 치고 있던 것은 노인이었네. 사람이 정한 것이 아니겠는가?"

맹랑 선생이 말했다.

"그렇지 않네. 사람이 정한 것이라면, 왜 그 아이가 그어놓은 선 하나를 넘지 못하고, 걸인이 금줄을 보고 발길을 돌렸겠는가? 사람이 정한 것은 사람이 파(破)할 수 있으나 하늘이 정한 것은 하늘이라야 그것을 파할 수 있네."

"그러면 나라의 법은 누가 정한 것인가? 사람인가 하늘인가?"

하고 무하공이 묻자 맹랑 선생은 또 이렇게 말하였다.

"사람이 정한 것이 아니겠는가? 하늘이 정한 것은 아니라고 생각하네. 그러므로 나라에는 언제나 법을 범하는 사람이 있고, 죄를 짓는 사람이 있게 되지. 사람이 정한 것은 사람이 어길 수 있는 것이라네. 그러나 하늘이 정한 것은 사람이 어길 수 없는지라 하늘에 죄를 짓는 일은 없네. 사람은 하늘을 넘어설 만큼 그렇게 위대한 존재가 못 되네."

"사람은 하늘에 대해서는 그렇게 무력한가?"

"무력하다고 할 수는 없지. 하늘과 사람이 할 수 있는 영역이 다른 것일 뿐이네. 하늘은 하늘이 하는 일을 하고, 사람은 사람이 하는 일이 있을 뿐이라고 해야 하지 않겠는가?"

"그러면 아이가 땅에다 금[線]을 긋고 노인이 싸리문에다 금줄을 매단 것은 하늘이 한 일이고, 사람이 한 일이 아니란 말인가?"

"사람이 한 일 같지만 사람이 하는 일이 아니라고 보네. 그렇지 않고서야 아이가 무엇이 무서워 선 하나를 넘지 못하고, 걸인이 무엇이 무서워 금줄 앞에서 돌아섰겠는가? 그것은 그들이 그렇게 하지 않은 것이 아니라 그렇게 할 수밖에 없었던 것이라고 생각하네. 사람이 정한 것은 무거운 죄로 금하여도 그것을 범하지 않는 사람이 없으나, 하늘이 정한 것은 아무런 죄를 지우지 않아도 범하는 사람이 없네. 그것을 범할 수 없기 때문일세."

그러자 한참이나 있다가 무하공은 이렇게 물었다.

"사람이 정한 것과 하늘이 정한 것을 어떻게 아는가?"

맹랑 선생이 말하였다.

"그것은 아는 것으로 있는 것이 아니네. 그저 그리되는 것으로 있을 뿐이라고 할 수 있지. 앞에서도 말했지만 하늘은 하늘이 하는 일로서 있고, 사람은 사람이 하는 일로서 있다고 할 수 있네. 우리는 부부 관계를 인륜이라고 하고 부자 관계를 천륜이라고 하네. 인륜은 사람이 정한 것이라 그것을 파할 수 있으나, 천륜은 하늘이 정한 것이라 사람으로서는 파할 수가 없네."

그리고 또 말하였다.

"시간은 한계가 없으나 만물이 수명을 가지고 태어나는 것은 하늘이 정하고 있기 때문일세. 그리하여 하루살이처럼 잠깐 살기도 하고, 거북이처럼 오래 살기도 하지. 수명을 그들이 정하여 그리 하는 것이 아니요, 하늘이 정했기 때문이네. 공간은 한계가 없는 것이나 뱁새가 쑥대 높이만큼만 날고 붕새가 구만 리 장천을 오르는 것은 공간의 구역을 그들이 정해서 그러한 것이 아니라 하늘이 정한 것이기 때문이네. 하늘이 정한 것은 누구도 어쩌지 못하는 것이네. 하루살이가 짧은 시간에 몸을 의탁하고 거북이는 긴 시간에 몸을 의탁하는 것도 마찬가지네. 뱁새가 구만 리 장천을 날 수 없는 것은 작은 공간에 몸을 의탁하기 때문이요, 붕새가 쑥대 사이를 오갈 수 없는 것은 몸을 큰 공간에 맡겨야 하기 때문이라네. 이러한 것을 천명이라고 하네."

"아이가 걸음을 멈추고 걸인이 발길을 돌린 것도 천명이란 말인가?"

"천명이 아니라면 그것을 어떻게 설명할 수 있겠는가? 나는 아이의 얼굴을 보았고, 걸인의 표정을 보았네."

"그 표정에서 천명을 보았단 말인가?"

"천명인지는 알 수가 없으나 의지 같은 것은 없었네."

하고 맹랑 선생은 말하였다.

또 얼마를 가다가 이번에는 긴 장대를 들고 연못 바닥을 휘젓고 있는 동자 하나를 만났다.

"아이야, 지금 무엇을 하고 있느냐?"

하고 맹랑 선생이 물었다.

"엄마를 찾고 있어."

"엄마가 물속에 있느냐?"

"응. 여기서 잃어버렸어."

맹랑 선생은 더 묻지 않았다. 동자는 연못에서 빠져 죽은 어미를 물속에서 찾고 있었던 것이다. 동자는 장대를 버리고 어디론가 금방 가버렸다.

무하공이 말했다.

"물속에서 죽은 어미를 찾고 있다니 정말 엉뚱한 아이로군."

"사람들도 잃어버린 것을 다 그렇게 찾고 있는지도 모르겠군."

두 사람은 다시 길을 가다가 이번에는 굿당에서 푸닥거리를 하고 있는 광경을 만났다. 굿을 하고 있는 무당은 박수 계함이었다. 맹랑 선생이 물었다.

"그대는 신을 만났는가?"

"방금 이곳을 떠나고 지금은 없네."

하고 계함이 말했다.

"신과 무슨 얘기를 주고받았는가?"

"사람들은 없는 것을 찾아다니고 있는 지라 도와줄 수가 없다고 하더군."

그때 옆에 있던 무하공이 말하였다.

"물속에서 어미를 찾고 있는 아이를 본 모양이군."

그러나 계함이 이렇게 물었다.

"그대들은 무엇을 찾아다니고 있는가?"

"현빈이라는 계곡을 찾아가고 있는 길이네. 그곳에 가면 현주를 만날 수 있다고 들었네."

그러자 계함이 말하였다.

"신이 떠나면서 어린아이만도 못한 사람이 지나갈 거라고 하더니 바로 자네들을 두고 한 말이로군."

"그리고는 또 뭐라고 하던가?"

"그 계곡에는 모장이라는 주모가 열고 있는 주막이 있으나 그곳을 찾지 못할 것이라고 했네."

"왜 찾지 못할 것이라고 하던가?"

하고 이번에는 무하공이 물었다.

"그런 말은 하지 않았네. 그러나 신이 못 찾는다고 하면 찾을 수 없는 것이네."

"당신은 신에게 무슨 말을 했는가?"

"사람들이 없는 것을 잡으려고 쫓아다니는 것을 그만두게 할
수는 없는가 물었지."

"그러니까 무엇이라고 하던가?"

"천형인 것을 자기가 어찌하겠는가 하더군."

"그러면 신이 하는 일은 무엇이라고 하던가?"

"봄이 오면 꽃을 피우고, 여름이 되면 열매를 맺게 하는 것이
자기가 하는 일이라고 하더군. 계곡물이 차면 가재가 기어오르
고, 물안개가 피면 철이 바뀌는 것도 자기가 하는 일이고, 해와
달이 번갈아 뜨게 하는 것도 자기가 하는 일이라고 하더군."

계함은 이렇게 말하고는 물건을 챙겨 서둘러 굿당을 떠났다.
신녀 하나가 그 뒤를 따르고 있었다.

무하공이 맹랑 선생을 보고 말했다.

"계함은 정말 신과 대화할 수 있는 인물인가?"

"그런 사람이라고 보네."

"그러면 계함의 말을 믿어도 되겠군."

"그러나 계함이 신의 말을 그대로 전했는지는 알 수가 없네.
조금 전에 그의 눈을 보지 못했는가? 자기 능력을 과시하려는
것이 있는 것 같았네."

"그러면 그 계곡을 찾을 수 없다고 한 것은 자기 생각을 말한

것인가?"

"그러나 자기는 찾을 수 있다고 말하는 것 같았네."

"자기를 다시 찾아오라는 얘기였군."

"서둘러 떠난 것은 아마 그 때문일 걸세."

"그러면 뒤따라 가봐야 하지 않겠는가?"

"소용없는 일이네. 벌써 어디론가 멀리 가버렸을 것이네."

주위를 살폈으나 어디에도 계함은 보이지 않았다. 뒤를 따르던 신녀도 보이지 않았다.

두 사람이 다시 발걸음을 옮기려는데 아이 하나가 바로 코앞에서 타박타박 걸어가고 있었다.

"저 아이는 아까 장대로 연못 바닥을 휘젓던 바로 그 동자가 아닌가?"

"그런 것 같군."

아이는 큰 망태 하나를 어깨에 걸쳐 메고 가고 있었다.

맹랑 선생이 따라가며 물었다.

"아이야! 어디를 가느냐?"

"행복을 잡으러 가는 거야."

아이는 돌아보지도 않고 대답했다.

"망태는 무엇이냐?"

"행복을 담을 그릇이야."

아이의 발걸음은 빨랐다. 얼마 가지 않아 아이의 모습은 작아지면서 빈 망태만 달싹거리는 모습이 멀리 보였다. 행복을 담기에는 망태가 너무 엉성하게 엮어진 것 같다는 생각을 하였다.

"정말 엉뚱한 아이로군. 잃어버린 어미를 물속에서 찾고 있는 것도 그렇고, 행복을 잡으러 간다는 말도 그렇지 않은가?"

"아무래도 그 동자는 사람 아이가 아닌 것 같군. 계함도 분명 사람은 아니야. 그런데 뒤따르던 신녀는 누구인가?"

맹랑 선생은 이렇게 말하였다. 그리고 오늘 일들이 아무래도 이상하다는 생각이 들었다. 동자를 두 번이나 만나게 된 일이 그렇고, 마을 어귀에서 만난 아이들과 걸인이 그렇고, 계함의 이야기가 그렇고, 그의 뒤를 따르던 신녀 또한 심상치 않다는 생각이 들었다.

3부

남화원의 사람들

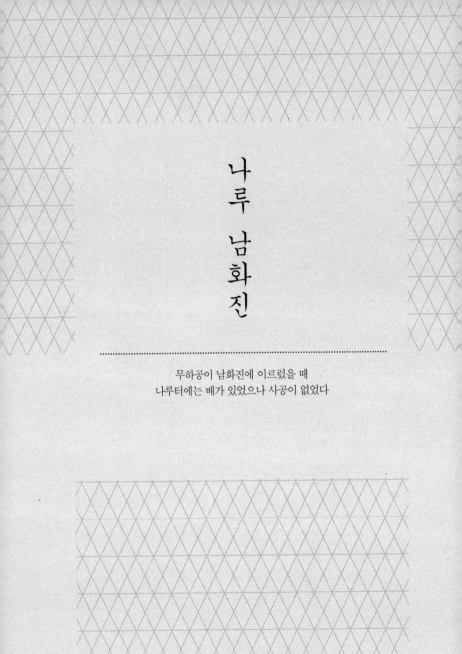

나루 남화진

무하공이 남화진에 이르렀을 때
나루터에는 배가 있었으나 사공이 없었다

어부

무하공이 남화진에 이르렀을 때 나루터에는 배가 있었으나 사공이 없었다.

강은 크고 넓었다. 멀리 강 건너에는 짐승 하나가 언덕에서 풀을 뜯고 있었으나 말인지 소인지 분간할 수가 없었다.

해가 기울어 날이 저물고 있었다. 낙조가 내려앉아 붉게 물든 강물은 아름다웠다. 물고기가 물 위로 뛰어올랐다. 학이 노송 가지에 내려앉았다.

무하공은 강기슭을 거닐었다. 몸은 지쳤고 영혼은 흐느적거리고 있었다. 이곳으로 오기 전까지는 너무 긴 여행이었다.

강 한복판에서 그물질을 하던 어부가 노를 저어 다가왔다.

"당신은 맹랑 선생이 아닌가? 어쩌다가 이 지경에 이르렀는가?"

어부는 무하공의 초췌한 모습을 보고 이렇게 물었다. 그는 비가 오지 않는데도 어깨에 도롱이를 걸치고 있었다. 저녁 이슬을 피하려고 한 모양이었다.

"있지도 않은 것을 찾아다니다가 이리 되었다네."

무하공이 말했다.

"없는 것을 있다고 우기다가 간 사람은 성인들이요, 있지도 않은 것을 찾아다니다 간 사람은 그의 제자들이니, 그대가 그들을 흉내 내려 하였으니 어찌 고달프지 않을 수 있겠는가?"

어부의 말이었다.

"노인장은 누구시요?"

무하공이 물었으나 어부는 대답을 하지 않았다. 그리고 그는 다시 노를 저어 강 한복판으로 들어가면서 노래를 불렀다.

자연의 여신이여
현빈은 대지의 자궁이로다
하늘에는 태양이 빛나고
땅에는 생명이 넘실거리도다

어디선가 화답하는 소리가 들려왔다.

해가 넘어간다

강물이 흐른다

지는 해는 붙들 수 없고

흐르는 물은 멈출 수 없도다

돌아보니 사공이었다. 언제 나타났는지 세 여인이 사공을 따라 배에 오르고 있었다.

무하공도 그들을 따라 배에 올랐다.

사공과 여인들

❖

사공은 노를 저었다. 무하공은 뱃전에 앉아 있는 맞은편 여인
들을 바라보았다. 아무리 보아도 나이를 가늠할 수 없는 여인들
이었다. 얼굴 모습은 모두 달랐으나 누가 더 나이가 많고 적은지
는 도무지 짐작이 가지 않았다.

'이상한 일이군.'

사람을 보면 누구나 짐작되는 나이가 있기 마련인데, 이들 여
인의 얼굴에서는 그러한 세월의 흔적을 찾아볼 수가 없었다. 조
금 전 강기슭에서 만났던 어부의 얼굴에서도 그랬고, 지금 노를
젓고 있는 사공에게서도 그것은 마찬가지였다.

'알 수 없는 일이군.'

무하공은 잠시 혼란에 빠져들고 있었다. 다시 여인들을 바라

보았다. 그리고 사공의 얼굴을 보았다. 역시 그들의 얼굴에서는 스쳐간 세월의 흔적을 읽어낼 수가 없었다. 무하공은 사공에게 나이가 어떻게 되느냐고 조심스럽게 물었다. 그러나 사공은 무하공의 얼굴을 한 번 쳐다볼 뿐 아무 말도 하지 않았다. 그러다가 한 여인을 바라보면서 말했다.

"주모, 이 사람이 나이를 묻고 있군. 뭐라 말해야 좋겠는가?"

그러자 여인이 말했다.

"말할 수 없겠군."

옆에 있는 또 한 여인은 이렇게 말했다.

"우리 주막에 오면 무심주를 한 잔 줄 수가 있으련만."

또 한 여인이 말했다.

"그러나 현주의 치마끈을 풀 수 있을지 모르겠군."

무슨 말을 하고 있는지 도무지 알 수가 없었다. 그들은 모두 술집 연인들인 것 같았다. 그러나 자기들끼리 주고받는 이야기가 아니라면 무엇을 하고 살아가는 사람들인지조차 가늠할 수 없는 여인들이었다.

무하공은 맞은편 뱃전에 앉아 있는 여인들을 다시 바라보았다. 여전히 나이를 가늠할 수가 없었다. 그들의 얼굴에서는 아무런 흔적도 찾아볼 수가 없었다. 시간의 흔적. 사람은 누구에게나 흘러간 세월의 흔적이 있기 마련이었다. 그 흔적에서 젊고 늙음을 알 수 있고, 그 흔적에서 삶의 내력을 짐작할 수 있다. 그 흔적을 찾을 수 없는 여인들이었다,

"여보게 사공, 맹랑 선생이 그 배에 타고 있구먼."

그때 어부가 이쪽으로 노를 저어 가까이 다가오면서 말을 했다.

"이 사람을 아는가?"

"조금 전에 나루에서 홀로 서성거리고 있더군."

"지는 해를 붙들려 하고, 흐르는 물을 멈추려 한다는 그 사람이 아닌가?"

"있지도 않은 것을 찾아다니는 사람이라더군."

어부와 사공이 주고받는 말을 듣고 있던 여인들이 깔깔거리고 웃어댔다. 어부는 노를 저어 다시 멀어지면서 노래를 불렀다.

어제는 지나가 없고
내일은 오지 않아 없네

사공이 화답을 하였다.

어제를 오늘로 끌어오지 말고
내일을 오늘로 잡아당기지도 말라

어부가 다시 불렀다.

없는 것을 있다고 하지도 말고
있는 것을 없다고 하지도 말라

이번에는 여인들이 함께 노래를 불렀다.

저잣거리 나가거든
주막에를 들려보게
치마끈을 풀려거든
무심주를 마셔야지

무하공은 혼자 중얼거렸다.
'이들이 모두 남화원의 사람들이란 말인가?'
나루를 다 건너 배에서 내리자 사람들은 모두 어디로 갔는지 보이지 않았다.
맹랑 선생만이 옆에서 무하공과 함께 걷고 있었다.

남화원의 초원

무하공은 초원을 바라보고 있었다
맹랑 선생도 옆에서 함께 바라보고 있었다

무하공은 초원을 바라보고 있었다. 맹랑 선생도 옆에서 함께
바라보고 있었다.

초원의 동자들

❖

초원은 한가로웠다. 끝없이 펼쳐진 푸른 초원의 평야, 그 한복판에 무우수 한 그루가 그늘을 드리우고 있었다. 넓은 초원엔 생명이 넘실거렸다. 생명이 뛰어 놀고 있었다. 그 위를 홍몽이 엉덩이를 까발기고 볼기짝을 두들기며 팔딱팔딱 뛰어 놀고 있었다. 홍몽은 생명의 혼령이었다.

"즐거워라, 즐거워라."

동자들이 홍몽에게로 달려가는 모습이 보였다. 멀리 하늘에 구름 한 점이 한가롭다. 보리수 나뭇가지를 타고 놀던 운장이 초원으로 내려와 홍몽에게로 다가갔다. 운장은 구름의 혼령이었다. 홍몽은 여전히 초원을 뒹굴고 있었다.

"노인장은 잠시도 한 자리에 머물지 않고, 계속 몸을 움직이니 어쩐 일인가?"

"나는 몰라, 나는 몰라."

홍몽은 계속 굴러다니면서 모른다고만 하였다.

"전날에 보니 노담은 낮잠을 자고, 공구가 찾아왔으나 일어나지 않았다네. 허유는 요 임금이 와도 움직이지 않았고, 소부는 풀을 뜯긴다지만 소의 고삐를 당긴 일이 없었네. 모두 할일없이 지내는 사람들이니 이들을 어떻게 생각하고 있는가?"

운장이 이렇게 묻자 홍몽은 잠시 몸을 멈추고 말하였다.

"노담은 낮잠을 자면서도 지루하지 않고, 허유는 가지려는 마음이 없고, 소부는 바라는 마음이 없다."

운장이 다시 물었다.

"천하를 구하러 다니는 공구는 어떤 사람인가?"

"당랑이 수레바퀴를 밀고 있는 것을 보지 못했는가? 공구는 그런 사람이지."

이번에는 또 이렇게 물었다.

"노인장은 잠시도 쉬지 않고 몸을 움직이고 있는데 힘들지 않는가?"

홍몽이 말했다.

"귀찮게 같은 말을 또 묻는구나. 나를 보고 팔딱팔딱 뛴다지만 나는 뛰는 줄을 모르고, 나를 보고 굴러간다지만 나는 굴러가는지도 알지 못한다. 마음에 무엇을 머물게 둔 적이 없다. 마음이 머물지 않는데 무엇이 나를 방해하겠는가?"

남화원의 초원

홍몽은 다시 볼기짝을 두들기며 풀밭으로 굴러가듯 사라졌다. 동자들도 그를 따라 갔다.

"홍몽이 무어라고 하던가?"

근처를 지나가던 야마가 운장을 보고 말하였다. 야마는 아지랑이의 혼령이었다. 그는 홍몽의 친구로, 한때 운장이 모시고 있던 스승이었다.

"공구가 어떤 사람인가 물었더니 당랑의 이야기를 했습니다. 천하를 위하는 일이 그렇게도 부질없는 짓입니까?"

"그러고는 또 무슨 말을 들었는가?"

"노담은 지루한 마음이 없고, 허유는 가지려는 마음이 없고, 소부는 바라는 마음이 없다고 했습니다."

그러자 야마가 말했다.

"많이 배웠구나. 이제는 너도 자유로울 수 있겠구나."

운장은 스승에게 하직하고, 무우수 나뭇가지로 돌아갔다. 강가에서 놀던 산들바람 원풍과 물안개 순망이 오더니 야마와 함께 어울렸다. 그들은 홍몽의 흉내를 내며, 춤을 추고 초원을 돌아다녔다. 홍몽이 다시 돌아오고 있었다.

요 임금이 신하들을 거느리고 마침 초원을 지나가고 있었다.

"저들은 사람입니까?"

홍몽과 야마 그리고 원풍과 순망이 노는 모습을 보고 있던 신하 한 사람이 물었다.

"아닐 게다. 전에 허유를 만났을 때, 초원의 친구들이 있다더
니 저들인가 보다."

"허유는 보이지 않습니다."

또 신하가 말했다.

"소부의 집에 있을 것이다. 거기서 세상 밖의 이야기를 하고
있겠지."

요 임금은 자기가 세상을 근심하고 있는 일이 한없이 작은 일
이라는 생각을 하고 있었다.

"세상 안에 살면서 세상 밖의 일을 생각하는 것이 무슨 소용이
있겠습니까?"

하고 다른 신하가 묻자 요 임금이 말했다.

"그렇지 않다. 집 안에서는 집을 볼 수가 없으니 집이 넘어간
들 버틸 수가 없을 것이다. 저들이야말로 천하를 근심하는 사람
일 것이다."

신하들은 추연한 빛에 잠기는 요 임금의 얼굴을 바라보면서
어찌할 바를 몰라 했다.

이번에는 공자 일행이 초원을 지나가고 있었다. 공자를 따라
가고 있던 안회가 조심스럽게 말하였다.

"동자들이 보이지 않으니 어쩐 일입니까?"

언제 왔는지 유하계가 옆에 있다가 무우수 나무 있는 곳을 가
리켰다. 노자는 보이지 않고 동자들만이 그늘 아래서 여기저기

흩어져 잠을 자고 있었다. 풀 향기가 그들 위에 이불처럼 내려앉았다.

"저 동자들은 사람의 아이들이 아니군요."

공자의 제자 증삼이 하는 말이었다.

"심재의 아이들일세."

보이지 않던 노자가 진일과 함께 다가오면서 말하였다. 전날 허유가 귀를 씻고 있던 개울에서 막 멱을 감고 나오는 길이었다. 공자는 다가가 예를 묻고 싶었으나 전에 도척을 찾아갔던 일이 악몽처럼 떠올라 가만히 있었다. 진일이 그것을 알고 말하였다.

"도척에게 가서도 유복을 벗지 못하고 돌아왔으니 천형이로다. 구리가 무겁고 패결이 거추장스럽구나."

진일의 말을 듣고 유하계는 옆에서 웃고 있었다. 공자는 한없이 마음이 혼란스러웠다.

"저들과 노닥거릴 시간이 없습니다. 많은 사람들이 선생님을 기다리고 있습니다."

자로가 공자의 발길을 짜증스럽게 재촉하고 있었다. 성미가 급한 그는 이따금 스승의 행동이 불만스러웠다. 왜 쓸데없는 사람들을 만나 시간을 보내며 봉변을 당하는지 알 수가 없었던 것이다.

공자 일행이 떠나자 무우수 나무 밑에서 잠을 자고 있던 동자들이 부시시 눈을 뜨고 일어났다.

멀리서 바라보고 있던 무하공이 초원으로 들어섰다. 그러나

244

아무도 없었다.

"조금 전의 광경이 사실인가?"

무하공은 옆에서 함께 걷고 있는 맹랑 선생에게 말했다.

"무엇 말인가?"

"아무도 없지 않은가? 요 임금과 공자 일행은 그렇다 하더라도 초원의 동자들도 보이지 않으니 말이네."

"노자와 진일도 보이지 않는군."

"그들이야 세월 속의 사람들이라 그렇다 치더라도, 동자들은 사람이 아니지 않은가?"

"나도 지금 그것을 생각하고 있었네. 안다는 것이 무엇인가 하는 것 말이네."

"이곳은 너무나 알 수 없는 일들이 벌어지고 있군. 참으로 이 상한 일이야."

"그러나 우리가 무엇을 알 수 있겠는가? 이곳으로 오기 전에도 우리는 알 수 있는 것이 없었네."

"사실과 사실 아닌 것도 분별할 수 없단 말인가?"

"이 초원에서는 그것마저 무너지고 있네."

무하공과 맹랑 선생은 계속 걷고 있었다. 무우수 나무가 있는 곳에 와서 두 사람은 그늘에 앉았다.

"아까는 이곳에서 동자들이 잠을 자고 있었네."

"그랬지. 모두 발가벗은 동자들이었네."

"심재의 아이들이라고 하는 것 같더군."

맹랑 선생은 무엇인가를 한참 생각하는 듯하다가 말을 했다.

"나는 그 동자들을 전에도 본 일이 있네. 분명 그 동자들이었네."

"이곳이 아닌 다른 곳에서 말인가?"

"신녀 현주의 방이었네."

그러나 맹랑 선생은 더 말을 하지 않았다. 그리고 나루를 건널 때 배에서 만난 여인들의 모습이 떠올랐다. 그리고 그들끼리 주고받던 말들이 생각났다.

"여보게 무하공, 나루를 건널 때 배를 함께 타고 온 여인들이 생각나는가? 그 여인들이 무엇을 하는 여자들 같았는가?"

"주고받는 말로는 술집 여인네들 같았네. 그러나 배에서 내리자마자 그들은 모두 사라지고 보이지 않았네."

"어부와 사공도 보이지 않았지."

"그랬었지. 우리 두 사람만이 배에서 내린 사람처럼 걸어가고 있었지."

"모두들 이상한 일이었네. 하지만 그들은 현주를 알고 있는 것 같았네."

"그러면 현주가 이곳 주막의 여인이란 말인가?"

그때 마을 쪽에서 어부와 사공이 다가오면서 말했다.

"현주를 그대들도 알고 있는 모양이군."

추방당한 신녀

❖

푸른 초원!

오늘도 푸른 초원에서는 홍몽이 혼자 엉덩이를 드러내 놓은 채 볼기짝을 두드리며 신나게 놀고 있었다. 무우수 나무에 앉아 있던 운장이 그에게로 내려와 앉으며 말하였다.

"방금 이 초원을 지나가던 사람을 보았는가?"

"상망을 말하는 것인가?"

홍몽은 볼기짝을 가릴 생각도 않고, 계속 몸을 움직이면서 운장을 보고 말했다.

"그가 상망이로군."

운장이 이렇게 말하고 있는데 야마가 이곳으로 오고 있는 것이 보였다. 원풍과 순망이 그 뒤를 따라오고 있었다.

"이쪽으로 오다가 상망이 지나가고 있는 것을 보았네. 홀로 가고 있더군."

야마가 다가와 하는 말이었다. 상망은 언제나 이주와 끽구와 함께 다니는데 혼자 걸어가고 있는 것이 이상하더라는 뜻이었다.

"끽구가 황제에게 꾸중을 들은 후로는 말을 제대로 하지 않는다고 들었네. 자숙을 하고 있는 모양이지."

하고 홍몽이 말하였다.

운장이 물었다.

"공손룡도 그 앞에서는 입을 열지 못한다고 하는데 어쩌다 꾸중을 들었는가?"

"이주도 함께 꾸중을 들었다고 하더군."

야마도 그것을 알고 있다는 듯이 말하였다.

"이주는 백리 밖에서도 바늘구멍을 꿴다는 사람이 아닌가?"

이번에는 운장이 물었다. 그러자 순망이 말하였다.

"황제의 노여움을 산 모양이더군."

"현주를 찾아오라고 했는데 끽구와 이주는 찾아오지를 못하고 뒤늦게 간 상망이 찾아 데리고 왔다고 하더군."

원풍이 그 내막을 자세히 설명하였다. 끽구와 이주 그리고 상망은 모두 황제의 신하였다.

하루는 황제가 현주를 데리고 곤륜산에 오른 일이 있는데 잠시 천하를 굽어보고 있는 동안 현주가 몰래 빠져나와 어디론가 숨어버렸던 것이다. 혓바닥이 열 개나 달려서 말을 잘한다는 끽구를 보냈으나 그녀를 찾지 못하고 돌아왔다. 백리 밖에서도 바늘귀를 꿴다는 눈 밝은 이주를 보냈으나 그도 현주를 찾아오지 못하였다. 마지막으로 황제는 상망을 보냈다. 그는 이목구비를 가지고 있었으나 눈으로는 사물을 보지 못하고, 귀로는 우렛소리도 듣지 못하는 귀머거리였다. 그러나 곤륜산으로 들어간 지 얼마 되지 않아 그는 곧 현주를 찾아 함께 데리고 왔다. 현주는 저잣거리에 있는 모장의 주막에서 술을 따르고 있었던 것이다.

황제가 물었다.

"너는 어찌하여 그 주막에 있었느냐?"

현주는 아무 대답도 하지 않았다. 상망이 옆에 있다가 말하였다.

"주막에는 많은 사람들이 있었습니다. 현주가 치마끈을 풀자 그들은 모두 정신을 잃고 바라보았습니다. 모두 천하를 구하러 다닌다는 사람들이었습니다."

현주가 주막 여인이 된 것을 알게 되자 황제는 끽구와 이주 두 신하와 함께 그녀를 세상 밖으로 추방해버렸다. 그리고 혼자 남아 있던 상망이 현주를 잊지 못하고 있는 것을 알고는 황제는 그마저 추방해버렸다.

상망은 끽구와 이주를 만나 함께 다녔으나 전과 같지 않았다. 그러나 현주는 언제나 그를 반갑게 맞아주었다. 주막에는 그녀의 치마끈을 풀려는 사람들이 항상 많았다. 하루는 현주가 상망을 찾아와 이런 말을 하였다.

"나를 만난 사람들은 천하를 쉽게 잊어버리더군."

"노나라 공구도 만나보았는가?"

"그는 내 치마끈을 풀지도 못하고 도망을 치더군."

현주는 주막에서 숫돌 여인으로 알려져 있었다. 누구에게나 쉽게 치마끈을 푼다는 뜻이었다. 그러나 이것은 그녀를 비난하고 다니는 사람들의 말이었다. 공자 일행이 그렇게 말하고 다녔다. 끽구와 이주가 그들과 어울려 다닌다는 말을 들은 터라 상망은 이렇게 말하였다.

"그들이 이제는 현주를 몰라보겠군."

"나를 비난하고 다닐지도 모르지."

현주는 끽구와 이주는 별로 관심이 없다는 듯이 말하였다. 상망은 현주의 마음을 알았다.

운장은 무우수 나무로 다시 돌아가고, 원풍과 순망은 계곡이 있는 숲속으로 사라졌다. 초원에는 홍몽이 야마와 함께 춤을 추며 남아 있었다. 그들은 번갈아 가며 노래를 불렀다.

세상이 시끄러워진 것은
끽구가 입을 연 때문인가?
천하가 지혜를 다투는 것은
이주가 눈을 뜬 때문인가?
나는 몰라 나는 몰라

말이 많으면

하는 일이 번거롭고

지혜가 밝아지면

마음이 혼란할 뿐

나는 몰라 나는 몰라

홍몽이 부르면 야마가 따라하고, 야마가 부르면 홍몽이 따라 불렀다. 그때 상망이 돌아오다가 그들을 보고 물었다.

"내 친구들을 보지 못했는가?"

상망은 끽구와 이주를 찾아다니고 있었던 것이다. 그러나 홍몽과 야마는 대답을 하지 않고 그냥 사라져 버렸다.

상망은 하늘을 바라보며 탄식했다.

"말로 천하가 구해지는 것이 아니거늘 지혜로 세상이 다스려지는 것이 아니거늘 노나라 공구를 흉내 내서 무엇 하리."

상망의 탄식은 친구들이 곤륜산에서 내려온 후 세상을 구한다고 바쁘게 돌아다닌다는 소문을 들은 때문이었다. 그는 한숨을 지었다.

무우수 나무 위에서 상망을 바라보고 있던 운장이 말했다.

"그대는 어찌하여 한숨을 짓고 있는가?"

"친구들이 천하를 구한다는 마음을 아직도 버리지 않고 있다네."

"천하를 구한다는 일이 그리도 부질없는 짓인가?"

"저들을 보지 못했는가? 노나라 공구는 앉은 자리가 따뜻해질 겨를도 없이 돌아다녔으나 천하는 바뀌지 않았고, 묵적은 선왕의 예악을 훼손하면서까지 절용하였으며, 그의 집 굴뚝에서는 연기가 날 날이 없었으나 세상 사람을 구하지 못하고 자기 몸만 학대하고 말았네. 흙탕물을 휘저으면 더 혼탁해지는 법, 저들은 물이 서서히 절로 맑아지는 것을 알지 못하고 있다네."

상망은 끽구와 이주가 공자와 묵자를 흉내 내고 있는 것을 안타까워하며 말했다.

"친구들은 황제의 신하들이 아니었는가?"

운장이 이렇게 물었다. 그러자 상망이 대답했다.

"황제가 우리들을 곤륜산에서 내려 보낸 것은 흙탕물을 휘저으라고 한 것이 아니었네. 출렁이는 물을 눌러서 잠재우려 하니 될 일이겠는가? 조금 전에 홍몽과 야마는 이런 노래를 부르고 있더군. 말은 할수록 문제를 만들어내고 지혜는 쓸수록 영혼을 헝클어 놓아 자기 몸 하나 건사할 줄 모르게 된다는 뜻이었네. 끽구가 말을 버리지 못하고, 이주가 지혜를 버리지 못하니 딱한 일이 아니겠는가?"

운장은 상망의 말을 듣고는 다음과 같은 말을 하면서 무우수 나무에서 멀리 떠나가 버렸다.

"끽구가 말을 버리면 어찌 끽구이겠는가? 이주가 지혜를 버리면 어찌 이주이겠는가? 그대가 친구들을 걱정하고 있다니 상망답지 않구려."

상망은 친구 찾는 일을 그만두고 현주에게 가보기로 하였다. 그러나 어디선가 이런 소리가 들려왔다.

치마끈을 아무나 풀 수 있는가
천하를 잊은 사람이라야 풀 수 있지

그리고 또 이런 소리도 들려왔다.

숫돌에는 아무 칼이나 가는가
막야가 아니고는 갈 수가 없지

바라보니 풍이와 하백이 물에서 나와 바위 등에서 젖은 몸을
말리고 있었다. 그들이 부르는 노래 소리였다.

무하공이 말하였다.
"현주는 곤륜산에서 내려온 신녀로군."
"현주가 곤륜산에서 내려와 주막 여인이 되었으나 치마끈을
쉽게 푸는 여인은 아닌 것 같군."
하고 맹랑 선생이 말하였다.

무하유지향의 사람들

❖

　망망하기만 한 푸른 초원이다. 멀리 막고야 산이 보인다. 몇 백
아름인지도 모를 큰 나무 한 그루가 하늘 높이 구름처럼 드리워
그늘을 만들어주고 있었다. 저 멀리 바다처럼 넓은 강물이 흐르고
있었고, 옆으로는 실개천이 흐르고 있었다. 주위에는 기화요초가
보료처럼 깔려 있다. 새가 울고 나비, 벌, 풀벌레가 날아와 앉는다.

　나무 그늘 아래 땅거죽으로 불쑥 삐져나온 뿌리 하나를 베고
노자는 배꼽을 드러내 놓은 채 낮잠을 즐기고 있었다. 개울에서
는 허유가 귀를 씻고 있었다.

　조금 떨어진 곳에는 먼 길을 걸어와 지친 모습의 공자가 몇 명
의 제자들과 앉아 있었다. 수심이 가득한 얼굴이었다. 조금 전까
지만 해도 공자는 천하의 근심을 혼자 도맡아가지고 곧 해결이

나 할 수 있을 것처럼 분주히 돌아다녔던 것이다.

막고야 산 언덕 아래에서 밭을 갈고 있던 묵자가 쟁기를 메고 돌아오다가 공자를 만났다.

"선생은 노나라의 공구가 아니시오. 이곳에는 무엇 하러 오셨소?"

공자는 반가운 듯이 다가와 묵자의 손을 잡았다. 자기는 노자를 만나러 왔는데 저처럼 나무 그늘 아래 누워 도무지 잠에서 깨어날 궁리를 하지 않고 있으니 걱정이라는 것이었다. 그리고는 누덕누덕 걸레 조각이 다 되어가는 옷을 입고 있는 묵자의 모습을 보고는 몹시 안쓰러운 표정을 지었다.

"당신의 옷은 너무 남루하지 않소. 자신을 학대하는 일은 예가 아닐 것이요."

공자는 자신이 머리에 쓰고 있는 둥근 유관과 발에 꿰어 찬 네모난 신발 구리와 옷에 매어 늘어뜨려 선비임을 자랑하는 패결을 보이면서, 천시를 알고 지리를 나타내며 사단을 표시하는 것이야 말로 군자가 입어야 할 옷이라고 하였다.

묵자는 어이가 없는 듯 쟁기를 내려놓고 한참이나 있다가 말했다.

"나는 옷이 남루하지만 선생은 마음이 남루하니 어쩐 일이요?"

공자가 말을 못하고 가만히 있자 묵자는 다시 말하였다.

"선생의 근심은 한 가지도 해결된 것이 없고, 정신만이 천 갈래 만 갈래로 흩어져 내 옷보다도 더 낡은 걸레 조각이 되어가고 있으니, 천시를 머리에 얹고 지리를 발바닥에 깔고 사단을 도포

자락에 매어달고 다닌들 무슨 소용이 있단 말이요?"

공자는 여전히 말을 못하고 있었다.

"아침에 도를 들으면 저녁에 죽어도 좋다는 말을 정말 선생이 한 말이오?"

묵자가 다시 이렇게 묻자 그때서야 공자는 입을 열었다.

"그저 인간의 소임을 다하다가 죽을 따름이라는 말이었을 뿐이요."

공자는 인간의 소임이라는 말에다 힘을 주면서, 한낱 쟁기나 지고 다니며 밭을 가는 것만으로 어찌 군자의 도리를 다한다 할 수 있겠느냐는 것이었다. 그러자 묵자가 말했다.

"그렇지 않소. 선생은 근심만 할 뿐, 소임은 한 가지도 하고 있는 것이 아니요. 노담이 잠에서 깨어난다 해도 선생을 만나지는 않을 것이요."

"어찌하여 그런 말을 하시요?"

공자가 조금 언짢은 듯이 말을 하자 묵자는 다시 말하였다.

"나는 매일같이 무거운 쟁기를 메고 이 앞을 지나면서 노담을 만나지만 선생 같은 말을 던진 일이 한 번도 없었소. 노담은 내 옷을 보지 않고 내 마음을 보기 때문일 것이요."

"그대의 마음이란 무엇이요?"

"쟁기를 메고 밭을 가는 것은 내 일을 내가 하는 것일 뿐, 내 자식을 위해서도 내 집안을 위해서도 아니라오. 천하를 근심하는 것이 선생의 일이라면 근심하는 것으로 그치시요. 그 밖의 소임은 선생이 할일이 아니오. 선생은 선생이 할일을 몰라서 이곳으로 찾아온 것이요. 제자들에게나 돌아가는 것이 좋겠구려."

묵자는 더 할 말이 없다는 듯이 쟁기를 지고 일어났다.

허유는 개울에서 귀 씻는 일을 끝내고 막고야 산을 향해 저만큼 걸어가고 있었다. 소부가 안장 없는 소를 타고 흥얼거리며 그 뒤를 따라가고 있는 모습이 보였다.

노자가 잠에서 부스스 깨어났다.

"저 사람은 노나라 공구로군. 거추장스럽구나, 거추장스럽구나."

노자는 자리를 뜰 것처럼 거적을 들고 일어났다. 그것을 보자 공자는 황급히 달려와 노자를 붙들었다.

"선생님은 알고 있을 것입니다. 허유는 쓸모 있는 사람입니까?"

"나는 몰라. 저기 도척에게나 가서 물어보게. 그는 알고 있는지도 모르겠군."

노자가 가리키는 곳을 보니 숲속에 큰 반석 하나가 있었고, 그 위에 도척이 두 다리를 벌리고 앉아 있었다. 그는 칼을 들고 사람의 간을 꺼내 회를 쳐 먹고 있는 중이었다. 옆에는 물건이 가득 들어 있는 자루가 청·황·흑·백색의 것으로 네 개가 놓여 있었다. 한 개는 동방 부자 인(仁) 씨네 집에서 사랑을 훔쳐온 것이요, 또 한 개는 서방 부자 의(義) 씨네 집에서 의리를 훔쳐온 것이었다. 그리고 붉은색 자루 속에는 남방 부자 예(禮) 씨네 집에서 훔쳐온 수치심이 들어 있고, 북방 부자 지(智) 씨네 집에서 도둑

질해온 간교함은 검은색 자루에 들어 있었다.

도척은 공자가 다가오는 것을 보고는 상대도 하지 않으려는 듯 돌아앉았다. 공자가 유하계의 친구라는 것을 그는 잘 알고 있었다. 유하계는 도척의 형님이었던 것이다.

무하공은 남화원의 초원을 바라보고 있었다.

"오늘은 홍몽도 야마도 보이지 않는군."

무하공이 말하자 옆에서 맹랑 선생이 대답했다.

"그렇군. 동자들도 보이지 않고, 세월 속의 사람들만 나와 다니는군."

무하공이 다시 말했다.

"참으로 이상한 일이라고 하지 않을 수 없네. 어떻게 세월 속의 사람들이 저렇게 나와 다닐 수 있단 말인가?"

맹랑 선생이 말했다.

"우리가 그것을 어떻게 알겠는가? 그러나 책에서 나와 초원을 거닌다는 것은 얼마나 다행한 일인가?"

"그런데 공자의 모습은 왜 그리도 초라한지 모르겠군. 노자는 그렇다 하더라도 도척에게까지 외면을 당하고 있지 않은가?"

"책 속에 있는 것들을 아직도 사실로 믿고 있기 때문일 걸세. 제자들도 그렇고. 우리가 먹물을 먹고 씻어내지 못하는 것도 그 때문이라 할 수 있네."

"허유가 귀를 씻고 있던 것도 그 때문인가?"

"요 임금에게서 들은 말을 털어내고 있었을 뿐, 그는 먹물에 물들지는 않았을 것이네."

"한번 물든 먹물은 씻어낼 수 없는 것인가?"

"천형이라 하는 것은 바로 그 때문이 아니겠는가?"

그때 초원에는 세월 속의 사람들은 다 없어지고, 홍몽이 나와 팔딱팔딱 뛰어놀고 있었다. 순망이 흰 치마를 길게 입고 춤을 추고 있었고, 원풍이 그녀의 치맛자락을 들춰보며 돌아다녔다. 심재의 아들 무심의 동자들도 그늘 속으로 모여들고 있었다.

길에서 만난 사람

❖

공자는 시골길을 가고 있었다.

공자가 탄 말은 비리비리하고 귀도 축 쳐지고 네 다리는 꼬챙이처럼 말라 걸으면 곧 쓰러질 것만 같았다. 그러나 쓰러지지 않고 어기적어기적 용케도 길을 잃지 않고 걸어가고 있었다. 말에는 무거워 보이는 큰 굴레와 고삐마저 매어 있었다.

맹자가 옆에서 고삐를 우악스럽게 거머쥐고 있었다. 맹자가 고삐를 단단히 쥐고 있는 까닭은 말이 길 아닌 곳으로 갈까봐 걱정스러웠기 때문이다. 길가에는 먹음직스러운 콩밭과 보리밭이 있어 공자가 타고 있는 말을 유혹하고 있었다.

저만큼 노자가 청우를 타고 지나가고 있었다. 장자가 그 뒤를 따랐다. 노자가 타고 가는 소는 아무런 굴레도 멍에도 씌워져 있지 않았고, 고삐도 물론 없었다. 그들은 소가 가는 대로 몸을 맡기고 있을 뿐, 어디를 목적지로 삼고 가는 것도 아니요, 그렇게 돌아오는 길도 아니었다. 그저 한가롭게 풀밭을 소요하고 있는 중이었다.

공자가 타고 있는 말이 노자가 타고 있는 소 청우를 선망의 눈빛으로 쳐다보았다. 공자도 한가롭게 걷고 있는 그들을 바라보았다.

"천하가 다 사랑[仁]으로 돌아오면, 나도 저런 소요를 즐길 수 있으련만."

공자가 혼잣말처럼 하는 말이었다. 공자는 세상을 구하려고 서둘러 천하를 돌고 있는 중이었다. 그의 얼굴에는 우환의 그림자가 가득 차 있었다. 말은 지치고 해는 저물어가고 있는 터라 몸과 마음이 더욱 바쁜 걸음이었다.

"어느 세월에나 천하가 사랑으로 돌아올 것인고? 죽고 나면 소요할 천하도 없어지는 것을. 공구의 부질없는 짓을 누가 말릴고, 누가 말릴고."

노자가 선창하고 장자가 따라 불렀다. 맹자는 화가 머리끝까지 치솟아 올라 예의도 의리도 모르는 이단자들이라고 그들을 향해 고래고래 소리를 질렀다.

"어느 세월에나 천하가 사랑으로 돌아올 것인고? 예를 버리라고 했건만 말은 굴레를 무거워하네."

이번에는 장자가 선창하자 노자가 따라 불렀다.

저만큼 주공이 지나가고 있었다. 장자는 노자 곁을 떠나 그에게로 다가갔다. 그리고 어찌하여 공자에게 그토록 무거운 굴레를 지웠느냐고 물었다. 그러나 주공은 아무 말이 없었다. 그저 엷은 미소만을 지어보일 뿐이었다. 자기가 씌워준 굴레가 아니라는 말을 하고 있는 것 같았다. 공자는 자기가 만든 굴레를 자기 스스로 쓰고 있는 것이었다.

장자는 주공에게서 물러나 노자에게로 가려는데 이번에는 황제가 저만큼 지나가고 있었다. 그에게로 달려가려 하였으나 걸음이 너무 빨라 그를 따라잡을 수가 없었다.

한참 만에 돌아와 보니 노자는 보이지 않고, 소만 홀로 한가롭게 풀을 뜯고 있었다. 노자는 조금 떨어진 풀밭에 앉아 있었다. 그는 손바닥에 내려와 앉는 나비들과 장난을 치고 있었다. 나비는 손바닥에 내려앉았다가는 날아오르고, 내려앉았다가는 날아오르는 일을 반복하고 있었다.

장자가 노자에게로 다가와 주공을 만났던 이야기를 하고, 황제가 지나가더라는 말을 하였다. 노자는 공자가 방금 다녀갔다고 말했다. 바로 그 문제의 굴레에 관하여 묻고 갔는데, 이 세상 사람 누구에게나 다 씌울 궁리를 하더라는 것이었다.

두 사람은 한숨을 쉬었다. 걱정스러운 일이었기 때문이었다.

공자는 얼마를 가다가 숲속 산모퉁이에서 매미를 잡고 있는 늙은 꼽추 한 사람을 만났다. 그는 얼마나 쉽게 매미를 잡는지 마치 땅에 떨어진 흙덩이를 자루에 주워 담듯 하였다. 공자는 감동해마지 않았다.

"잘도 잡는구려. 그래, 무슨 비결이라도 있는 것이오?"

꼽추는 꾸부정한 자세로 허리를 펴지 못한 채 공자를 한번 힐끔 쳐다보고는 혼잣말처럼 중얼거렸다.

"그대가 노나라 공구라는 걸 나는 알지. 그대가 노나라 공구라는 걸 나는 알지."

그러고는 두 번 다시 거들떠보려고도 하지 않았다. 공자는 더 물어볼 말을 잊어버리고 말았다.

공자와 맹자는 또 한참을 가다가 얼마 떨어지지 않은 곳에 주공이 서 있는 것을 보았다. 두 사람은 달려가 주공 앞에 부복하였다. 공자보다 몇 걸음 뒤에서 부복하고 있던 맹자는 너무 감격하고 황감한 나머지 눈물마저 흘리고 있었다. 주공은 오십 길도 넘는 높은 벼랑 위에서 무섭게 쏟아지고 있는 폭포수 아래를 내려다보고 있었다. 그는 자기 앞에 부복해 있는 공자와 맹자를 보더니 못마땅한 듯 눈살을 한번 찌푸리고는 아무 말도 없이 폭포

밑을 가리켰다.

물보라가 연기처럼 피어오르는 폭포수 밑은 굉장한 양의 물이 몇 번이나 곤두박질을 치다가 다시 솟아오르면서 사나운 물결이 되어 흐르고 있었다. 그 속에 머리가 하얀 백발노인 하나가 물결을 따라 몇 번을 곤두박질치다가는 떠오르고 떠올랐다가는 다시 잠기곤 하는 모습이 보였다.

공자는 갑자기 얼굴빛이 달라지면서 맹자를 데리고 서둘러 폭포 밑으로 달려 내려갔다. 그들이 물에 빠진 사람을 구하려고 하자 어느새 노인은 물가에 있는 바위 위로 나와 앉아 흥얼거리며 노래를 부르고 있었다. 노인은 수영을 하고 있었던 것이다.

"어찌 된 일이요? 무슨 비결이라도 있으시오?"

"그대가 노나라 공구라는 걸 나는 알지. 노나라 공구라는 걸 나는 알지. 주공은 말없이 가버리고, 그대는 나를 구하러 달려왔네."

노인은 공자를 거들떠보지도 않고 두 다리로 물장구를 치면서 노래하듯 말하였다.

내려온 곳을 올려다보니 주공은 정말 가버리고 없었다. 공자는 아쉬운 표정을 짓고 맹자는 거의 울상이 되어 있었다.

"조금 전 숲속에서 만났던 꼽추와 같은 말을 하고 있구려."

"그 굴레를 쓰고는 헤엄칠 수가 없지. 그 멍에를 지고는 물에서 뜰 수가 없지."

노인은 더 물어볼 겨를도 주지 않고 첨벙 물속으로 뛰어들었다. 그러고는 개구리보다도 더 능숙하게 물결을 따라 헤엄쳐나갔다.

무하공이 말했다.

"주공은 공자가 밤마다 꿈속에서 만난다는 그 사람이군."

맹랑 선생이 말했다.

"공자가 말해볼 겨를도 없이 가버리는군."

"우리도 이 남화원에 와서 이야기를 해본 사람이 아무도 없는 것 같군."

"그렇군. 사공과 어부 그리고 주막집 여인들이 이야기해본 사람들의 전부로군."

남화원의 향연

❖

무하공과 맹랑 선생은 남화원의 초원을 바라보고 있었다.

남화원에서는 지금 향연이 열리고 있었다. 멀리 막고야 산에
서 발원한 강물은 이곳에 와서 도도히 흐르고 있었고, 끝간 데
없이 펼쳐지는 넓은 초원에는 전날과 같이 홍몽이 엉덩이를 까
발린 채 볼기짝을 두들기며 팔딱팔딱 뛰어놀고 있었다. 수백 아
름이 넘는 무우수 나무 위에 앉아 있던 운장이 하늘 높이 오르면
서 그 모습을 내려다보고 있었다. 오늘의 향연은 바로 이 초원에
서 열리고 있었다.

남화원의 향연에는 천하의 명인들이 다 모여 있었다. 천하를 근
심하는 성인들은 물론이요, 지혜 있는 사람, 재주 있는 사람, 현인

재사들이 다 모여 들었다. 악공인 사광 소문이 와 있는가 하면, 목수 장석, 백정 포정, 무당 계함이 와 있었고, 꼽추 구루자, 혹부리 대영, 언청이 무순, 절름발이 왕태, 신도가 무지도 와 있었다. 그들도 나름대로 한 가지씩의 재주는 다 가지고 있는 사람들이었다.

추남 애태타가 와 앉아 있는가 하면, 서시 모장 여희와 같은 미녀들도 참석해 있었다. 도척은 졸개 수백 명을 데리고 와 왕방울 같은 눈망울을 굴리고 있었고, 그밖에 제나라 환공, 위나라 혜왕 그리고 정자산 전자방 같은 나라의 재상들도 와 있었다.

그러나 역시 장관인 것은 삼천의 제자를 거느리고 와 앉아 있는 공자의 모습이었다. 그가 가장 우아하였다. 머리에는 둥근 유관을 쓰고, 도포에는 패결을 매달고, 발에는 네모진 신발 구리를 신고 있기 때문이기도 하였다.

노자는 친구인 진일과 함께 와 있을 뿐 따르는 사람이 없었다. 묵자는 걸레 조각이 다 된 떨어진 옷을 입고 있었으나 걸인들이 그를 옹위하고 있었고, 허행, 추연, 공손룡, 혜시도 눈에 띄었다.

한비자가 도척의 무리와 어울리는 것을 보고 분기탱천해 있는 맹자의 모습은 누가 보아도 가장 눈에 띄었다. 그는 도척만큼이나 장신이었고 체격이 우람하였다. 그 때문에 도척을 더 미워하는 것인지도 몰랐다.

공자의 제자 안회와 증삼이 아까부터 초원을 바라보고 있었는데, 그곳에는 광굴, 왕예, 설결, 피의가 발가벗은 몸으로 홍몽과 더불어 광대짓을 하고 있었다. 강가에서 놀던 순망이 거기에 끼어들었고, 막고야 산 계곡에 살고 있는 원풍도 내려와 함께 어울렸다. 모두 벌거숭이로 춤을 추고 있었던 것이다.

"저들을 현자라 하는 까닭을 모르겠습니다."

안회가 말하였다.

"예가 아니면 보지 말라 했거늘 차마 얼굴을 들 수가 없습니다."

증삼의 말이었다. 그는 노모를 등에 업고 와 있었다.

"알 수 없구나. 모두 세상 밖의 일이로다."

공자는 무심한 듯 이렇게 말하면서도 속으로는 마음이 편치 않았다. 지금까지 제자들에게 가르쳐온 공이 모두 일시에 무너져 내리는 것 같았기 때문이었다.

노자는 무우수 나무가 드리우고 있는 그늘 아래 거적을 깔고 앉아 진일과 함께 한가롭게 담론을 하고 있었다.

"망묘조가 날아오르면, 다 탈 수 있을지 모르겠군."

"아마 타지 않으려는 사람도 있을 걸세."

공자가 이쪽으로 걸어오는 것을 보면서 노자가 하는 말이었다.

"이보게 한 공자, 저기 나처럼 생긴 저놈은 누구인가?"

아까부터 웃지도 않고 장승처럼 서 있는, 우람한 체격을 가진 사람을 보고 도척이 하는 말이었다.

"공구의 제자 맹가라는 사람이 아닌가?"

도척이 가리키고 있는 쪽을 바라보면서 한비자가 말하였다.

맹자는 화가 난 얼굴을 하고, 이쪽을 보고 있었다.

"저놈은 제자가 아니라 공구의 하수인일세. 제자는 스승이 하는 말을 공손히 따르기만 할 뿐, 자기를 내세우는 일이 없지. 그런데 저놈은 스승의 말도 제 말처럼 내세우고, 시키지도 않은 일을 앞질러 하면서 세상을 그르치고 있네. 하수인이란 공을 세우는 데만 마음이 가 있지. 일의 잘잘못을 생각하지 않는 사람이 아니던가? 저놈이 그런 놈일세. 공이야 제일 많이 세웠겠지. 입담이 오죽 좋은가. 저놈의 웅변을 당할 사람이 없네."

도척은 맹자에게 그리 좋은 감정을 가지고 있지 않은 것 같았다.

"그러나 사람들은 그를 아성(亞聖)이라고 받들고 칭송하고 있지."

한비자는 맹자를 그다지 나쁘게 생각하고 있지 않았다. 그로서는 무엇보다 맹자의 달변이 부러웠다.

"아성이란 어중간한 성인이란 말이네. 그래서 온 천하 사람을 다 그르치고 있지. 참다운 성인은 사람을 다치게 하는 일이 없네. 말을 해도 듣는 사람의 마음에 상처를 주는 일이 없고 행동을 해도 자국 하나 남기는 일이 없네. 서툰 백정이 사람을 잡는다는 말이 있지 않은가? 어중간한 성인은 성인이 아니라는 말이네."

"그런데도 사람들의 칭송을 받고 있는 까닭은 무엇인가?"

"자네는 말더듬이인 줄 알았더니 귀까지 먹은 모양이군."

도척의 말에 한비자는 겸연쩍은 듯 귀를 만지며 입을 열었다.

"사실은 그래서 도 장군을 만나고 있는 것이네. 그대는 들어가 보지도 않고 어떻게 보물이 있는 것을 알며, 높은 담과 자물쇠 하나 개의치 않고, 어찌 그렇게 감쪽같이 남의 집을 드나들 수 있단 말인가? 뿐인가, 물건을 잃어버린 사람은 원망하는 마음을 가지지 않고, 물건을 얻은 사람도 그냥 생긴 것으로 생각하고 있으니, 법이 무슨 소용이 있겠는가?"

도척은 화광처럼 이글거리는 눈으로 한비자의 얼굴을 뚫어지게 바라보다가 갑자기 천지가 진동할 만큼 큰소리로 웃어댔다.

그리고 한참이나 있다가 웃음을 그치고 이런 말을 했다.

"한 공자가 그런 말을 하다니, 법을 그리 알고 있다니."

묵자는 제자들에게 말했다.

"네가 입고 있는 옷을 부끄러워하지 말라. 꿰매고 또 꿰매어서 걸레 조각처럼 되었다 하더라도 몸을 가릴 수 있는 것은 아직 버릴 때가 되지 않았기 때문이다. 천하를 위한다는 저들의 옷을 보라. 소매는 너무 길어 옷감을 헛되이 소비하고, 입지 않아도 될 도포와 갓옷을 덧걸쳐 많은 사람을 헐벗게 하였도다. 머리에 얹은 둥근 관은 거추장스러울 뿐 무엇에 쓸모가 있으며, 허리에 찬 패결과 발에 걸친 구리 장식은 아무리 사단을 밝히고 천문 지리를 밝힌다고 하나, 도는 하늘과 땅에 있는 것이지 갓과 신발에 있는 것이 아니다. 일의 옳고 그름이 어찌 도포에 매단 패결에 있겠느냐? 공연한 짓거리들이 재물을 모자라게 하고, 꾸미고 장식하는 일들이 질박한 마음을 그르치게 하고 있다. 저들이 천하를 위한다는 사람들이구나."

걸인 제자 하나가 구멍 뚫린 밥그릇을 받쳐 들고 와서 물었다.

"이 그릇도 땜질을 하면 쓸 수가 있겠습니까?"

묵자가 말했다.

"둥근 것은 규를 쓰고 모난 것은 구를 사용하되 젓가락도 물에 담그면 굽는다는 것을 잊지 말아라."

이번에는 다른 걸인이 물었다.

"죽은 사람에게 비단옷을 입히고 꽃가마를 태우는 일은 산 사람의 도리가 아닙니까?"

그는 노모가 오래 전부터 앓고 있어 장례를 걱정하고 있었다.

"산 사람의 도리가 죽은 사람에게 무슨 관계가 있겠느냐 걱정하지 마라. 네 어미가 곧 내 어머니라."

"그러나 귀신은 있는 것이 아니겠습니까?"

"귀신이 꽃가마를 타고 눈물을 흘린다면 어찌하겠는가?"

묵자는 제자들을 자식처럼 대하면서 말하고 있었다.

"법이 무너지려는가? 선 하나 넘는 것도 용납해서는 안 된다던 한 공자가 도척의 무리와 어울리다니. 법보다 인과 의를 앞세우라고 충고했던 것은 나의 잘못이었던가? 그래도 넘지 말아야 할 울타리는 있어야 하는 것을. 천명을 수행하는 일이 더욱 힘들어지겠구나! 아, 이 천하를 어찌 구할고."

이제는 호연지기마저 다 삭은 듯한 지친 모습으로 맹자는 하늘을 쳐다보며 한숨을 쉬었다.

"당신은 언젠가 장바닥에서 약을 팔던 그 사람이구려."

그때 모장이 술 주전자를 들고 와서 아는 체를 하였다.

"그렇다네. 자네는 바로 그 주막의 주모로군."

맹자는 별로 반가운 표정은 아니었으나 모장이 따라주는 술잔을 거절하지는 않았다.

"술을 약으로 먹는다면 그보다 더 좋은 일이 없지."

맹자는 술을 지나치게 먹으면, 사람을 그르치게 할 수 있다는 뜻으로 하는 말이었다.

"당신은 딱한 사람이구려. 술을 술로 먹어야지 약으로 먹는단 말인가? 엊그제 주막을 들른 손님 하나가 길에서 콩과 보리를 구별할 줄 모르는 사람을 만났다더니 지금 보니 당신을 만났던 것이었군."

주모 모장이 하는 말이었다. 맹자는 저잣거리의 주모 따위와 상대를 하고 싶지 않았으나 생각나는 바가 있어 마음을 고쳐먹고는,

"그 손님이 누구라던가?"

하고 물었다. 며칠 전 산모롱이에서 콩과 보리가 든 자루 두 개를 메고 가던 노인에게 큰 봉변을 당한 일이 떠오른 때문이었다. 양 혜왕을 만나고 오는 길이었다. 노인 하나가 불쑥 나타나더니, 이것은 콩이요 이것은 보리라네, 하고는 맹자가 말을 건네볼 겨를도 없이 사라진 일이 있었다. 그 말이 계속 마음에 걸려 있었던 것이다.

"무명인을 내가 어떻게 알겠는가?"

주모는 이렇게 비웃듯이 말하고는 휑하니 자리를 떴다.

초원에는 해가 넘어가고 있었다. 홍몽은 야마가 와서 데려가고, 순망은 강으로 돌아갔으나 원풍은 광대들과 헤어지고 그대로 남아 온 초원을 돌아다니며 돌아갈 생각을 하지 않았다. 운장은 다시 무우수 나무로 돌아가 앉았다.

어둠이 깔리기도 전에 달이 떠올랐다. 여인들이 풀밭으로 나와 춤을 추며 노래를 불렀다.

"술을 술인 줄 모르니 콩과 보리를 어떻게 알겠는가?"

주모 모장이 부르는 소리였다.

"주모는 술을 팔고, 약장수는 병을 팔고 있네."

여희의 화답이었다.

"사단환은 무슨 약인가? 마음에 병을 심어주는 사환단일세."

이것은 서시가 부르는 소리였다. 그때 꼽추가 여인들 앞으로 나오면서 노래를 불렀다. 혹부리 대영, 언청이 무순도 따라 나와 끼어들었다.

"그 약을 먹고 죽은 사람 얼마이던가? 백이와 숙제는 굶어죽고, 관용봉과 비간은 가슴을 가르고 죽었네."

구루자가 부르자 대영과 무순이 따라 불렀다.

"말이 천성을 잃은 것은 백락의 죄요, 인간이 옷을 입게 된 것은 요 임금의 죄로다."

왕태도 노래를 부르며 다가왔다. 그 뒤를 이어 무지와 신도가도 따라 나왔다. 이들은 모두 형벌을 받아 다리 하나씩 잘린 사람들이었다.

천명은 하늘의 뜻이요
사람의 뜻이 아니거늘
모기가 태산을 지고 창해를 건너려 하네

붕새가 구만 리 장천을 오르는 것은 때가 되었기 때문이요
초료가 쑥대 사이를 벗어나지 않는 것은 천명을 알기 때문이로다

신도가가 부르자 무지가 따라 불렀다.
"좋구나, 아름답구나."
추남 애태타가 한쪽에서 그들을 바라보다가 이렇게 말하였다. 애태타의 목소리를 듣고 여인들이 우르르 달려와 그의 목을 안고 무릎 위에 앉았다.

애태타가 일어나자 여인들은 다시 춤을 추기 시작했다. 모두 춤을 추기 시작했다. 원풍이 소리 없이 다가와 여인들의 치마폭을 들추며 킬킬거리고 돌아다녔다. 보기에 아름다웠다.

무하공이 말했다.
"남화원의 향연은 장관이로군."
맹랑 선생이 말했다.

"그런데 어찌하여 현주는 이 큰 잔치에 모습을 볼 수 없는지 모르겠군."

"사공과 어부도 보이지 않았네."

"저기 상망과 함께 걸어오고 있는 사람이 그들이 아닌가?"

"그렇군. 그들이 왜 오지 않았겠는가?"

저
잣
거
리

무하공은 초원을 떠나 마을에서도 한참 떨어진 저잣거리로 나갔다

무하공은 초원을 떠나 마을에서도 한참 떨어진 저잣거리로 나갔다.

장마당

❖

장날이었다. 장마당에는 여러 곳에서 모여든 장사꾼으로 벅적
거렸다. 왁자지껄 물건 파는 소리가 요란했다.

물건을 팔러온 장사꾼들 중에는 공자도 있었고 노자도 있었고
맹자와 장자도 있었다. 저만큼 시장 어귀 한 구석에는 농기구 몇
개를 펼쳐 놓고 초라하게 앉아 솥 땜질을 하고 있는 묵자도 보
이고, 각종 법률 서적을 팔고 있는 한비자도 보이고, 점상을 차
려놓고 앉아 있는 추연이 보이는가 하면, 달걀을 닭이라고 속여
팔았다고 시비가 붙고 흰 말을 끌고 나와 이 말이 왜 말이 아니
냐고 따지는 사람 앞에서 진땀을 빼고 있는 혜시와 공손룡도 보
였다. 재미있는 이야기를 들려주고 돈을 받고 있는 사람도 있고,
농촌지도원이라는 허행이 나와 설치는가 하면, 온갖 잡동사니를

다 모아놓고 싸구려판을 벌리고 있는 잡상인들도 있었다.

그중에서 장마당 한복판에 전을 가장 크게 벌려놓고 앉아 있는 상인은 맹자였다. 그는 말수단도 좋으려니와 목소리도 온 장마당을 들었다 놓을 만큼 쩌렁쩌렁하였다. 그 앞에는 장꾼들이 구름같이 모여들었는데 어떤 상인은 저 약장수 때문에 잡쳤다며 일찌감치 보따리를 챙겨 싸기도 했다.

맹자는 약장수였다. 사랑하고 불쌍히 여기는 마음을 가지게 하는 약, 부끄러워하는 마음이 생겨나게 하는 약, 사양하는 마음이 생기는 약, 지혜가 밝아져 시비를 따지고 분별할 줄 알게 하는 약, 그리고 가장 열을 올려 많은 선전을 하고 있는 약은 호탕한 마음을 기르게 하는 약이었다. 이 약이야말로 약 중의 약으로 무슨 병이나 고칠 수 있는 만병 통치제라고 그는 선전하고 있었다. 사람들은 팔짱을 끼고 더러는 쪼그리고 앉아 시간 가는 줄도 모르게 약장수 말을 듣고 있었다.

그러나 정작 약을 사가는 사람은 그리 많지 않았다. 다들 재미있는 약장수의 이야기를 들으며 구경을 즐기려 할 뿐이요, 약을 사가는 사람은 눈에 띄지 않았다. 오히려 그들은 흩어져 돌아갈 적에 묵자에게 들려 호미나 괭이나 낫 따위를 사들고 가거나, 추연에게 들려 팔자소관이나 점쳐보고 갈 뿐이었다. 그들에게 보약 따위는 애당초 안중에도 없었다. 돈 많은 지주들도 위나라 혜왕이나 제나라 선왕 같은 정치꾼들도 맹자가 약 파는 모습을 빙

그레 웃으며 구경만 할 뿐, 돌아갈 때에는 한비자에게 들려 사람 부리기나 족쇄를 채워 하인 족치는 법과 기술이 담긴 책만을 듬 뿍듬뿍 사들고 갔다.

공자는 맹자 옆에서 적이 언짢은 표정을 짓고 있었다. 서는 장 마당마다 부지런히 쫓아다녀봐야 그날이 그날이었다. 안 팔리는 약을 무겁게 지고 다니기에 이제 그는 지칠 대로 지쳐 있었다. 집안사람들끼리 아는 사람들끼리 서로 나누어 먹고 말아야겠다 는 생각마저 들기도 하였다.

노자는 장날마다 제일 먼저 와 제일 좋은 자리에 터 잡고 앉아 있었지만, 도무지 무엇을 팔고 있는지 알 수 없었다. 장자 역시 노자와 동업을 하는 모양이었지만 무엇을 팔고 있는지 알 수 없 기는 매한가지였다. 노자는 언제나 흰 보자기 하나를 펴놓고 앉 아 있었는데 아무리 보아도 보자기에는 아무것도 없었다.

그러나 장마당 안에서는 노자가 무를 파는 사람이라고 알려져 있었다. 사시사철 일 년 내내 무만 팔고 있는 사람이라고 했다.

건너편 술집 주모인 모장이 찾아와 무 하나를 팔라고 소리를 질러댔다. 졸고 있던 노자가 눈을 뜨고 쳐다보자 여인은 그저 맞 받아 한 번 크게 웃어버리고는 흰 보자기 하나만 덩그러니 펼쳐 있는 것을 보고 그냥 발걸음을 돌렸다. 주모 모장은 가슴앓이 서 시와 함께 노자의 단골손님이었다. 이 두 여인은 술주정뱅이들 과 한바탕 싸우고 난 다음에는 꼭 노자에게 무를 사러 오곤 했다. 이따금 부부 싸움을 한 사람도 왔고, 실연한 여인도 왔으며, 울음으로 한밤을 지새웠다는 청상과부도 찾아왔다. 그러나 노자는 언제나 그 얼굴들을 한 번 쳐다보았을 뿐, 아무것도 파는 물건이 없었다. 그러나 그는 무를 파는 노인으로 알려져 있었다. 그렇지만 아무도 그를 미친 사람이라고는 생각하지 않았다. 아예 관심을 가지지 않았다.

오직 한 사람만이 그를 궁금히 여기고 있었다. 공자였다. 공자는 장사를 마감하고 맹자와 함께 약 꾸러미를 등에 짊어진 채 노자를 찾았다. 가까이 가서 보니 보자기에는 정말 무 한 개가 놓여 있었다. "无"라는 글자 하나가 보자기 위에 그려져 있었던 것이다.

팔 무는 얼마든지 있네
팔 무는 얼마든지 있네

노나라 공구는 있는 줄도 모르고
이 무를 먹을 줄도 모르네

장자가 노래를 부르며 노자 앞에 놓인 보자기를 접고 있었다. 공자는 말이 없고 맹자만이 장자를 향해 고래고래 욕설을 퍼부어대고 있었다.

장이 파하는 것을 보고 무하공은 저잣거리를 떠나면서 말하였다.

"세월 속의 사람들이 모두 나와 장사를 하고 있군."

맹랑 선생이 말했다.

"아까 노자에게서 무를 사가지고 가던 여인을 보았는가?"

그러자 무하공은 생각난다는 듯이 말했다.

"그러고 보니 나루를 건널 때 함께 배를 타고 온 그 여인이로군."

"사공이 주모라고 부르던 그 여인이 틀림없네."

"그러면 그들이 모두 이 저잣거리에 있는 주막의 여인이로군."

"현주도 그곳에 있을 것이네."

모장의 주막

이번 장날은 섣달그믐 대목장이라 유난히 장꾼이 많았다.

맹자는 신바람이 났고 공자도 혹시나 하는 생각에 모처럼 마음이 부풀어 올랐다. 다른 날 같으면 벌써 약짐을 꾸리고 자리를 떴을 테지만, 오늘은 파장이 되어 장꾼들이 거의 흩어지고 해가 서산으로 넘어가고 있는데도 끝까지 그대로 남아, 뒤늦게 세찬을 사가지고 돌아가는 여인네들에게까지 약의 효험과 내력을 설명하느라고 바빴다. 맹자가 이토록 열을 올리고 있는 까닭은 오늘 이 대목장을 지내보고 나서 과연 이 약장사를 더 계속할 것인지 아닌지를 요량할 작정이었기 때문이었다.

맹자는 온 장바닥을 들었다 놓을 만큼 말주변이 좋은 약장수였고, 공자는 스스로를 천하에 제일가는 명의라고 확신하고 있었다. 공자의 눈에는 만나는 사람마다 병들지 않은 사람이 거의 없었다. 모두 겉은 멀쩡하였지만 병이 골수에까지 번져가고 있었다. 어떤 약이라야 저 병을 치유해줄 수 있는지를 공자는 잘 알고 있었다. 그러나 안타까운 것은 사람들이 자기가 환자라는 것과 약을 먹어야 한다는 것을 모르고 있다는 사실이었다. 그러므로 자기의 증세를 물어보거나 병을 고쳐달라고 찾아와 호소하는 사람이 없었다. 그렇다고 당신은 환자이며 병이 골수에까지 번져 들어가고 있으니 내 처방을 믿고 침을 맞고 약을 달여 먹으라고 일일이 쫓아다니며 일러줄 수도 없는 노릇이었다. 자칫하다가는 멀쩡한 사람에게 약을 팔아먹으려 한다고 봉변을 당할 수도 있었다. 실제로 몇 사람을 찾아가 이야기하고 깨우쳐보려고 하였으나, 환자는 자기가 아니고 오히려 당신이 아니냐고 되물어온 일도 있었다. 공자로서는 참으로 안타까운 일이 아닐 수 없었다.

그러나 의사인 공자는 죽어가는 사람을 보면서 언제까지나 가만히 앉아 있을 수만은 없었다. 더구나 그는 인정도 많고 눈물도 많아 불쌍한 광경을 보면 동정심을 쏟지 않고는 못 배기는 성미였다. 그러한 자비심을 견디다 못해 그는 우선 몇 가지 처방을 내리고, 맹자를 시켜 사람들이 쉽게 먹을 수 있도록 환(丸)을 짓게 하였다.

무엇보다 병의 근원을 치유할 수 있는 약이 필요했다. 돌덩이같이 맺힌 마음속의 응어리를 풀어 화창하게 해줄 수 있는 약을 만들게 하였다. 그것이 인단이었다. 그리고 옳고 그름, 시와 비를 분명히 하여 어리석음에서 깨어나 분별력을 길러주는 지단을 만들게 하였고, 나아가고 물러남의 도리를 알게 하는 예단과 불의를 향해 분연히 일어날 수 있는 원기를 소생시키는 의단을 만들게 하였다. 이 약이 이른바 네 가지 명약인 사단환(四端丸)이다. 그밖에도 또 한 가지 신경을 써서 특별히 만들게 한 명약이 있으니, 그것은 마음을 크고 넓게 하여 낙뢰 앞에서도 흔들림이 없는 담력과 기력을 기르게 하는 호연지환(浩然之丸)이라는 약이었다. 이 약은 모든 병을 미연에 방지할 수 있는 예방약으로서 일종의 보약이기도 하였다. 이 사단환과 호연지환을 짊어지고 사람이 많이 모이는 장날마다 찾아다니며 먹일 생각을 하였다. 공자와 맹자의 약장사는 이렇게 하여 시작되었던 것이다.

말주변이 좋은 맹자는 가는 곳마다 사람들을 구름떼처럼 모아들였다. 공자는 마음속으로 쾌재를 불렀다. 돈도 좀 벌 수 있으리라는 엉뚱한 생각까지 들었다.

그러나 얼마 가지 않아 그런 기대는 무너졌다. 사람들은 마냥 재미있다는 듯 구경만 하고 앉아 있었을 뿐, 정작 자리를 뜰 때는 아무도 약을 사가는 사람이 없었다. 다음 장날도 그 다음 장날도 마찬가지였다. 그렇다고 어렵게 시작한 일을 하루아침에 걷어치울 수는 없는 노릇이었다. 종일도록 팔리지도 않는 약 꾸러미를 해질녘에 다시 거둘 때의 절망이란 여간 큰 것이 아니었다. 세상을 근심하는 공자의 우환은 더욱 깊어갔고, 맹자의 목소리는 쉰 소리가 나다 못해 목이 잠길 지경까지 이르렀다. 다음 장터를 향해 떠나는 발걸음은 무겁기만 하였고, 해는 저무는데 배는 고프고 갈 길은 멀어 마음만 급해지곤 하였다.

오늘은 섣달 그믐날 대목장이건만 여느 날과 마찬가지였다.

"선생님 혹시 약 처방이 잘못된 것은 아닐지요?"

맹자가 물었으나 공자는 아무 말이 없었다. 맹자는 더 물어볼 기력도 없는 듯 축 늘어진 몸으로 장짐을 챙기기 시작했다. 그들은 해가 완전히 넘어가고 날이 저물어서야 모장의 주막에 이르렀다. 술청에서 마주 건너다보이는 방 안에 두 여인네가 있었다. 서시는 가슴앓이 증세가 도져 바닥에서 데굴데굴 구르고 있었다. 여희는 탐스러운 젖가슴을 드러내 놓은 채 거울을 마주하고 앉아 열심히 화장을 하고 있었다. 공자는 그대로 그 광경을 보고 앉아 있었으나 맹자는 애써 눈길을 피하고 돌아앉아 있었다.

먼저 와서 그 광경을 보고 있던 혜시와 공손룡은 아까부터 의견이 갈려 티격태격 말싸움을 하다가 주모인 모장을 불러 말참견을 하게 하였다. 그러나 주모의 말이 너무나 맹랑했기 때문에 두 사람은 멍하니 입을 벌린 채 말문이 막히고 말았다. 이번 장날에는 노자가 무를 팔러 오지 않았기 때문에, 다른 어떤 약으로도 서시의 병을 멈추게 할 수 없다는 게 모장의 단호한 주장이었다.

그러나 혜시와 공손룡은 아무런 맛도 냄새도 없는 노자의 무보다는 공자의 사단환이나 호연지환처럼 달콤한 약이 더 효험이 있으리라는 생각에는 일치하고 있었다. 그들은 공자를 서시의 방으로 데리고 갈 것이냐, 서시를 공자의 방으로 데리고 갈 것인가의 엇갈린 주장을 멈추고, 어쨌든 공자로 하여금 서시의 병을 고쳐주도록 성의를 다해 함께 부탁해보자고 하였다.

그런데 그때 갑자기 장자가 불쑥 주막 안으로 들어서면서 노자의 심부름이라며 무 한 개를 서시의 방에다 던져주고 나가버리는 것이었다. 혜시와 공손룡은 그만 어처구니가 없어 천장만 멀뚱멀뚱 쳐다보고 있을 뿐이었다. 공자는 맞은 편 방에서 눈길을 떼었고, 돌아앉아 있던 맹자는 아무에게나 헤프게 함부로 쓸 약이 아니라는 듯 자신의 약 꾸러미를 더욱 소중히 움켜잡았다.

서시는 금방 아무렇지도 않은 듯 일어나 깔깔거리며 여희 곁으로 다가갔다. 그리고 거울에다 얼굴을 한번 힐끔 비춰보고 나서는 주막 쪽으로 고개를 내밀고 주모더러 건넛방에 있는 저 사람들도 돈푼이나 있는 양반들이냐고 물었다. 그러고는 별 볼일이 없는 사람들이라는 것을 알고는 여희를 불러 함께 횅하니 밖으로 나가버렸다.

공자가 주모에게로 다가와 말했다.
"노담이 파는 무를 사먹는 사람들은 어떤 사람들인가?"
"당신 같은 사람은 먹어도 효험이 없을 것이네."
도마에 고기를 썰고 있는 주모는 돌아보지도 않고 말하였다.

그때 어부와 사공이 주막 안으로 들어왔다. 현주도 뒤따라 들어왔다. 현주가 나타나자 사람들은 모두 그녀의 얼굴을 바라보았다.

"너무도 아름답군."

"신녀라는 바로 그 여인이로군,"

한쪽에서 이런 말을 주고받는 소리가 들렸다.

"치마끈을 쉽게 푸는 여인이라더군."

"그러나 그녀와 하룻밤을 함께한 사람은 모두 바보가 된다는 거야."

이런 말을 하는 사람도 있었다.

그러나 공자 일행은 눈길 한 번 던지는 일이 없다가 몸을 피하듯이 슬금슬금 주막을 나가버렸다.

"주모, 방금 나간 사람들은 무얼 하는 사람들인가?"

사공이 묻자 주모가 말했다.

"천하를 구하러 다닌다는 사람들이네."

그러자 어부가 말했다.

"병도 들지 않은 사람들에게 침을 놓으러 다니는 사람이 있다더니 그들이 바로 공구 일행이었군."

현주도 한마디 하였다.

"치마끈도 풀 줄을 모르겠군."

조금 전에 나갔던 서시와 여희가 주막 안으로 들어왔다. 어부와 사공이 와 있는 것을 보고 말했다.

"함께 배를 타고 오던 사람을 보았네."

여희가 말하자 서시도 한마디 하였다.

"저잣거리를 서성거리고 있더군."

"주막을 찾고 있는 모양이군. 함께 오지 그랬는가?"

하고 사공이 말했다.

"우리를 알아보지도 못하는데 그런 사람을 데려와 무얼 하겠는가?"

여인들은 관심이 없다는 듯 이렇게 말하였다. 어부는 사공과 함께 자리에서 일어났다. 현주도 따라 일어섰다.

"너는 또 어디를 가려는 거니?"

"현주가 어디 붙어 있는 아이니?"

주모가 말하자 현주는 그저 웃기만 하였다. 그때 상망이 들어서는 것을 보자 현주는 도로 앉았다.

무하공과 맹랑 선생은 주막을 나와 밤길을 걸으면서 말하였다.

"주막 여인들은 나루를 건널 때 배에서 본 여인과 조금도 다름 없는 모습이더군. 도무지 나이를 가늠할 수 없는 모습이 그렇고, 약간의 화장과 몸단장을 하기는 하였지만 여전히 술을 파는 여인으로 보이지 않았으니 말이네."

"그때 사공의 나이를 물으니까 모두들 이상한 눈으로 쳐다보더니만 아무래도 나이가 없는 여인들인 것 같았네."

"나이가 없는 사람도 있는가?"

"이곳 사람들이 모두 그런 것 같네. 초원의 동자들도 모두 그런 표정들이었네."

"그렇군. 이 무하유지향의 사람들은 모두 나이가 없는 사람들이군."

"아이 어른은 있으나 나이가 없는 곳이 이 남화원인 것 같네."

"나이와 세월이 없다면 어떻게 되는가?"

"나이와 세월이 실제로 있는 것인지도 잘 모르겠네. 사실 우리는 지금 없는 것을 있다고 생각하고 있는 것은 아닌지 말이네."

"어떻게 없는 것이겠는가?"

"그러나 이 남화원에는 그런 것이 없으니 말이네."

"그렇기는 하군. 도대체 나이와 세월이란 무엇인가?"

"나이는 살아버린 삶을 말하는 것이요 세월은 지나간 시간을 말하는 것이 아니겠는가?"

"그런 것들이 있는 것인가 없는 것인가?"

"있다고도 할 수 있고, 없다고도 할 수 있지 않은가?"

"그렇다면 우리는 없는 것을 있다고 하고, 저들은 있는 것을 없다고 하는 것이겠군."

"그럴 수도 있지. 그러나 나는 전에 이런 말을 한 일이 있네. 하루살이와 쓰르라미, 거북이는 동갑내기라고."

"그것은 나이가 없다는 말이 아닌가?"

맹랑 선생은 한참이나 있다가 다시 말했다.

"우리가 알고 있는 진리도 없는 것이요, 우리가 찾고 있는 현주도 없는 것이라네."

그러자 무하공이 말하였다.

"그러나 현주는 여기서 보지 않았는가?"

"그녀는 우리가 알고 있는 현주가 아니었네."

무하공은 말이 없고, 맹랑 선생은 밤하늘을 쳐다보고 있었다. 별 하나가 길게 하늘 복판을 가르며 지나갔다.

어부와 주모

❖

어부가 주막에 들어섰을 때 그곳에는 공자 일행이 와 있었다.
주모 모장은 주방에서 도마질을 하고 있었고, 서시와 여희는 그
들을 거들떠보지도 않고 젖가슴을 드러내 놓은 채 화장을 하면
서 방안에서 시시덕거리고만 있었다. 현주는 보이지 않았다. 어
부가 말했다.

"주모는 어찌하여 손님들을 거들떠보지도 않는가?"

구석에 술상도 없이 앉아 있는 공자 일행을 보면서 하는 말이
었다.

"장날마다 허탕을 치고 돌아와 궁상을 떨고 있는 저들에게 무
엇을 바라고 반기겠는가?"

주모의 도마 소리가 갑자기 커지면서 곱지 않았다.

"오늘은 장마당에서 난리가 났었다우."

속옷 차림의 여자가 방안에서 고개를 내밀고 말참견을 하였다. 여희였다.

이마에 먹물로 자자(刺子)를 당하고 발뒤꿈치 하나가 잘려나간 사내 하나가 장거리에 나타났던 것이다. 많은 장꾼들이 그를 두고 죄인이니 아니니 하는 문제로 온종일 웅성거린 일이 있었다. 여희는 그것을 두고 하는 말이었다.

"이마의 먹물은 인의를 달여 먹고 그리되었고, 발뒤꿈치가 잘려나간 것은 시비의 칼날 위에 올라섰다가 그리되었다더군."

푸줏간의 포정이 주막을 들어서며 하는 말이었다.

"그 사나이가 누구라던가?"

어부가 물었다.

"정자산과 동문수학하던 신도가라 하더군."

"그들의 스승은 백혼무인이 아니던가?"

하고 어부가 말했다.

"한때는 중니의 제자로도 있었다더군."

포정은 구석에 앉아 있는 공자 일행을 힐끔 쳐다보면서 말을 했다.

"저 사람은 문혜군 앞에서 소를 잡았다는 그 백정이 아닌가?"

포정이 들어오는 것을 보고 공자 일행 중 한 사람이 말하였다. 그리고 그들은 포정을 두고 계속 논쟁을 벌이고 있었다.

"주모, 이것을 삶아 탕을 만들어주게."

어부는 자라가 든 도롱이를 주모에게 건네주고는 포정과 함께 논쟁을 벌이고 있는 공자 일행에게로 갔다.

"당신들은 이 사람에 대한 이야기를 하고 있는 것이 아닌가?"

어부는 포정을 옆에 앉히며 말하였다.

공자 일행이 논쟁을 벌이고 있는 내용은 포정이 정말 문혜군 앞에서 소를 잡았느냐 하는 것이었다. 그리고 칼날에 피 한 방울 묻히지 않고 소의 네 다리 사각을 떼어낼 수 있었느냐는 것에 대해서는 양론으로 갈리고 있었다.

"거짓 없이 말해주게. 십수 년 동안 한 번도 칼을 갈지 않았다는 것이 사실인가?"

조금 전에 포정이 들어오는 것을 보고 알아보던 사람이 말하였다. 그는 공자의 제자 자공이었다. 포정은 말이 없었다.

"헛소문이 세상을 덮고 있었단 말인가?"

막내 제자 증삼의 말이었다. 옆에서 자로가 주먹을 불끈 쥐었다. 그는 불같은 성미를 이기지 못하여 씩씩거리고 있었다. 스승 앞이라 무던히 참고 있었던 것이다.

"문혜군이 그대의 소 잡는 일을 보고 양생법을 터득했다는 말을 들었소. 분명 선생은 도를 알고 있는 분일 것이요."

공자는 제자들 앞으로 나오며 정중하게 예를 갖추어 말하였다. 스승이 그리하는 것을 보자 제자들은 몹시 당혹스러워했다.

그러나 자로는 여전히 주먹을 풀지 않은 채 불만을 삭이지 못하고 있었다.

"저들이 그대의 제자들인가?"

뒤로 물러서는 공자의 제자들을 바라보면서 포정이 말하였다.

"나는 백정이라 소 잡는 일을 할 뿐 도를 알지 못하오. 그러나 십수 년 동안 소를 수천 마리 잡았으나 칼이 항상 숫돌에서 방금 떼어낸 것처럼 날이 서 있는 것에는 까닭이 있소. 뼈와 뼈 사이는 빈틈이 있고, 내 칼날은 두께가 없는 때문이요. 빈틈 사이 허공을 가르고 지나가는데 칼날이 상할 까닭이 있겠소? 문혜군이 양생법을 터득했는지는 알 수 없으나 나와는 상관없는 일이오."

포정이 하는 말을 듣고 있던 자로가 무엇에 심술이 꼬였는지 자리에서 벌떡 일어나며 소리를 질렀다.

"푸줏간의 백정 놈과 더 함께 앉아 있을 수가 없군."

그리고는 휑하니 주막을 나가버렸다. 공자가 몹시 난처한 표정을 지었다.

그때 주모가 자라탕을 가지고 나왔다. 그러나 공자 일행은 그것을 거들떠보지도 않고 모두 일어나 주막을 나갔다.

서시와 여희가 깔깔거리며 웃어댔다.

"자라가 솥에 들어가기 전에 무어라 하지 않던가?"

어부가 물었다.

"공구의 말을 믿고 살다가는 다 나같이 될 거라고 하더군."

주모 모장의 말이었다.

주막을 나온 공자 일행은 어디로 가야 할지 잠시 망설였다.

"포정은 정말 도를 안 사람입니까?"

주막에서는 아무 말도 하지 않고 있던 안회가 물었다.

"아마 그럴 게다. 그렇지 않고서야 살아 있는 소의 뼈마디에서 허공을 말할 수 있겠느냐?"

공자가 말하였다. 제자들은 혼란스러웠다. 그런 하찮은 일에서도 도를 말한다는 것이 도무지 이해가 되지 않았다.

"혼란스러울 것 없다. 허공을 가르는 일을 어떻게 천하를 구하는 일에 비기겠느냐?"

해가 넘어가고 있었다. 공자 일행은 저잣거리를 벗어나 산 모퉁이를 돌아서고 있었다.

무하공이 말하였다.

"현주가 포정을 찾고 있던 까닭이 있었군."

맹랑 선생이 말하였다.

"현주는 보이지 않는군."

"주모 모장의 말대로 주막에 붙어 있는 여인이 아니로군."

"공자 일행은 주막에서는 늘 환영을 받지 못하고 있군."

"포정이 신도가 이야기를 한 것은 공자를 두고 하는 말 같더군."

"그때 공자의 표정이 조금 흔들리는 것 같았네."

"그러나 그의 마음을 바꿀 수는 없을 것이네."

"그렇지, 사람들이 노자가 파는 무를 왜 사먹는지도 모르고 있더군."

"그런 사람의 마음을 무엇으로 치유할 수 있겠는가?"

조문을 하러 온 여인

❖

진일이 노자가 죽었다는 말을 듣고 제자들과 함께 조문을 갔다. 그는 영전에서 두어 번 곡을 하다 말고 도중에 밖으로 나왔다. 제자가 물었다.

"노담은 선생님의 친구가 아닙니까?"

"그렇지, 노담은 나의 친구였지."

"그런데 조문을 그렇게 해도 되는 것입니까? 예에 어긋나는 것이 아닙니까?"

그러자 진일이 말했다.

"그렇지 않다. 내가 노담을 잘못 알고 있었지. 저 많은 사람들을 보지 못하는가? 늙은이들은 자식이 죽은 것처럼 울고, 젊은이들은 부모가 죽은 것처럼 슬피 울고 있지 않은가? 물론 노담은 죽은 다음에 자기를 위해 슬퍼하거나 울어달라고 하지는 않았겠지만, 살아생전에 사람들이 울지 않을 수 없도록 마음에 정을 심어놓고 가지 않았는가? 지금 와서 보니 그는 내 친구가 아니었네."

제자가 다시 물었다.

"그러나 죽은 사람에게 가지는 정은 있는 것이 아닙니까?"

"정은 마음을 갉아먹는 벌레나 다름없지. 그 벌레가 갉아먹고 난 자리에는 한이 남아 있을 뿐이지."

"그러면 죽은 사람 앞에 슬퍼하는 것은 예가 아닙니까?"

진일이 말했다.

"사람이 태어나는 것은 올 때가 되어 오는 것이요, 죽는 것은 갈 때가 되어서 가는 것일 뿐이다. 때가 되어 오고 때가 되어 가는 일에 평안하면, 기쁨과 슬픔이 끼어들 틈이 없을 것이다."

그때 소복을 한 젊은 여인 하나가 조문을 왔다. 여인은 많은 사람들 앞을 지나 상청으로 올라가 노자의 영전 앞으로 다가가더니 향불을 붙이고는 어인 일인지 곡을 하지 않고 앉아 깔깔거리고 웃고 있었다. 사람들이 모두 놀라 여인을 쳐다보았다.

"잘한 일이야, 잘한 일이야. 이제는 장바닥에서 무를 팔지 않아도 되겠군."

여인은 이렇게 말하고 향을 하나 더 피워놓고는 일어났다.

"그대는 노담을 아는가?"

진일이 물었다.

"그는 저잣거리에서 무를 파는 사람이었지."

진일이 다시 물었다.

"어찌하여 곡을 하지 않고 웃었는가?"

"그러는 그대는 왜 곡을 하다말고 중도에서 나왔는가?"

여인은 이렇게 말하고는 곧 그곳을 떠났다.

제자가 진일에게 물었다.

"조금 전 그 여인은 거리의 주막에 있는 기녀가 아닙니까?"

"노담이 알고 있는 여인이로군."

"치마끈을 쉽게 푼다는 여인입니다."

그러나 진일은 한참이나 있다가 이런 말을 하였다.

"현빈의 계곡으로 들어가 천문을 열면, 신천지가 있다고 들었다."

"신천지는 무하유지향을 말하는 것이 아닙니까?"

하고 제자가 묻자 진일이 다시 말하였다.

"그곳에 있는 주막에 현주라는 여인이 있다고 들었다. 그녀가 바로 그 여인임에 틀림없다."

"그러면 거리의 술집이 바로 그 주막이란 말입니까?"

"주막으로 가면 노담이 그곳에 있을 것이야."

진일이 거리로 나와 주막에 들리니 아닌 게 아니라 그곳에는 노자가 와 있었다. 그는 현주가 따라주는 술잔을 받으면서 진일이 들어서는 것을 보고 말하였다.

"자네는 내 영전에 곡을 했는가?"

진일이 대답했다.

"곡을 하다가 말았네."

현주는 진일의 얼굴을 뚫어지게 쳐다보고 있었다. 진일은 현주가 조금 전에 상가에서 보았을 때보다 더 아름답다는 생각을 하였다. 그리고 그녀의 눈이 매우 크다는 생각이 들었다.

노자가 말했다.

"잘하였네. 껍데기를 알아본 모양이군."

그러자 주방에서 도마질을 하고 있던 주모 모장이 건너다보며 말했다.

"껍데기를 놓고 야단들이겠군."

방금 진일이 다녀온 상가를 두고 한 말이었다.

"껍데기를 본 사람들이니 껍데기에 문상을 하는 것이야 어찌하겠는가?"

노자가 이렇게 말하자 주모가 다시 말하였다.

"그 껍데기는 두고두고 세상 사람들을 힘들게 하겠군."

진일은 주모가 무슨 말을 하고 있는지 알아차리고 노자에게 이렇게 말하였다.

"자네는 선언을 하지도 않고 선행을 하지도 않았더군. 많은 사람들이 와서 슬피 울고 있는 것을 보고 그것을 알았네."

그러자 노자는 말이 없고 주모가 다시 말하였다.

"선언은 상처를 주지 않고, 선행은 자국을 남기지 않는다고 노담은 거짓말을 하고 다녔지. 무언을 유언으로 말하였고, 무위를 유위로 행하면서 몸을 맡긴 때문이지. 그대도 그것을 하고 세상을 돌아다니는 모양이니 이곳으로 오고 나면, 남기고 올 껍데기가 적지는 않겠군."

주모는 노자를 바라보면서 웃었다. 노자는 여전히 말이 없었으므로 진일이 옆에 있는 현주를 보고 물었다.

"그대는 노담이 파는 무를 먹어본 일이 있는가?"

현주는 따르던 술병을 놓았다. 그리고 이렇게 말하였다.

"노담에게도 저런 숙맥이 있었군."

너무 뜻밖의 말에 진일은 더 앉아 있지 못하고 일어났다. 모두들 깔깔 웃어댔다. 방 안에 있던 여희와 서시도 밖을 내다보며 웃어댔다. 그러자 지금껏 입을 다물고 있던 노자가 진일이 일어서는 것을 보고 말했다.

"그대는 떠나는 것이 좋겠군. 아직은 이곳이 자네가 머물 곳이 아니네. 그러나 가다가 상가에 들러 하다 만 곡을 마저 하고 돌아가는 것이 좋겠네."

진일이 주막에서 나오자 밖에서 기다리고 있던 제자가 물었다.

"노담을 만났습니까?"

진일이 말이 없자 제자가 다시 물었다.

"그 기녀가 정말 현주라는 여인입니까?"

그래도 진일은 말이 없었다. 얼마를 가다가 상가에 다시 이르게 된 것을 알게 된 제자는 몹시 궁금하여 또 물었다.

"어찌하여 다시 이곳으로 돌아온 것입니까?"

"아까 하다 만 곡을 다시 하려고 왔네."

진일은 노자의 영전으로 가더니 곡을 여러 번하고 나왔다.

뜰에는 아직도 많은 사람들이 돌아가지 않고 울고 있었다.

진일이 제자에게 말하였다.

"너는 내가 왜 아까는 곡을 하다 말고 나왔으며, 지금은 다시 돌아와 곡을 하였는지 아는가?"

"알지 못하겠습니다. 처음 곡을 하다 말고 나온 것은 선생님이 말씀해주셨습니다만, 지금 다시 돌아와 곡을 하신 것은 그 까닭을 알 수가 없습니다."

제자는 선생인 진일의 행동을 알 수가 없었다.

"주막에서 만난 사람들은 이 세상 사람들이 아니더구나. 노담을 만났으나 이전의 노담이 아니었고, 주모 모장을 만났으나 이전의 주모가 아니었으며, 기녀인 현주는 기녀가 아니었다. 상망은 만나지 못하였으나 모두 그림자 없는 사람이었느니라. 나는 그것을 몰라보고 그들과 함께하려고 하였으니 어찌 돌아와 다시 곡을 하지 않을 수 있었겠느냐?"

진일은 이렇게 말하였다. 그는 얼굴이 몹시 창백해져 있었다.

"무하유지향에 있다는 주막의 사람들이로군요."

제자가 하는 말이었다.

무하공이 말했다.

"죽은 노담이 주막에 와 있었다니 이상한 일이 아닌가?"

맹랑 선생이 말했다.

"그렇군. 세월 속의 사람들이라 알 수가 없군."

"껍데기란 말을 하더군. 노담도 그런 말을 하고, 주모도 그런 말을 하더군."

"껍데기는 사람들이 매달리는 허상을 말하는 거겠지."

"이름이나 명예를 말하는 것이로군."

"세상에 남겨놓으려는 모든 것이 그렇겠지."

"진일은 제자들에게 주막에 있는 사람들 모두를 그림자 없는 사람이라고 했네."

"남기려는 것이 없는 사람들이라는 거겠지."

"현주도 그런 여인인가?"

"하룻밤을 함께한 사람도 이튿날은 모르는 사람이라고 했네. 마음에 남는 것이 없는데 무엇을 남기는 것이 있겠는가?"

"현주는 신녀인가 숫돌 여인인가?"

"알 수 없는 여인일세. 그녀를 어찌 알겠는가?"

"신녀란 말이로군."

칼을 갈러 가는 여인

"저기 지나가고 있는 여인은 바로 그녀가 아닌가?"

"그렇군. 바로 그 숫돌 여인이로군."

여인은 저잣거리에 있는 모장의 주막에 있는 현주였다. 사람
들은 그녀를 숫돌 여인이라고 불렀다. 아무 사내나 끼고 그 짓을
하고 돌아다닌다는 뜻이었다.

"어딘가 또 칼을 갈러 가는 모양이군."

또 한 사람이 말하였다. 그는 몹시 불편한 심기를 드러내는 말
투였다. 언젠가 칼을 갈러 갔다가 너무 무딘 칼을 가지고 왔다고
통바리맞고 주막에서 쫓겨난 일이 있기 때문이었다. 그럼에도
불구하고 그는 여인에게서 잠시도 눈을 떼지 못하고 있었다. 여
인은 그 사내에게도 힐끔 추파를 보냈다.

"저 숫돌에 칼을 갈아보지 않은 사람이 없다더군."

누군가 이렇게 말하였다.

"그렇다는 소문이더군."

또 한 사람이 말하였다.

"포정도 저 숫돌에다 칼을 갈았을까?"

처음의 사내가 다시 말하였다. 그 말을 듣고 여인은 가던 길을 되돌아왔다.

"포정이 있는 푸줏간을 알고 있는가?"

여인은 포정의 집을 찾고 있는 모양이었다. 그러나 사람들은 말을 하지 않았다. 그때 광대 하나가 노래를 부르며 그들 앞을 지나갔다.

"무쇠 칼만 가는 숫돌이 막야를 만나본들 알아볼 수 있겠는가?"

또 한 사람의 광대가 그를 따라가며 노래를 불렀다.

"네 몸을 스쳐가지 않은 칼이 없다고 하지만, 보물 하나 칼집에서 녹이 쓸고 있네."

이번에는 두 광대가 함께 노래를 불렀다.

날이 서지 않은 칼은
몸을 수고롭게 할 뿐
갈고 또 갈아도
허공을 가를 수가 없네

앞에 가는 광대는 포정이요, 뒤에 가는 광대는 칼의 혼령이었다.

그러나 여인은 두 광대를 알아보지 못하고 대수롭지 않게 여겼다.

"흥, 어제 주막에 들렸던 그 사내들이군."

그러고는 큰 엉덩이를 흔들며 그냥 가버렸다.

"포정의 뒤를 따라가고 있는 광대는 보지 못하던 사람이로군."

마침 그곳을 지나가던 왕예가 포정를 알아보고 하는 말이었다.

"아무래도 사람은 아닌 것 같군."

미끄러지듯 그림자처럼 포정의 뒤를 따라가고 있는 광대를 보고 하는 말이었다. 그는 광굴이라는 사람이었다.

"검의 신령이로군."

옆에 있던 피의가 비로소 그 광대의 정체를 알아보고 말하였다.

"포정이 이름이 난 것은 저 신령 때문이로군."

함께 있던 설결의 말이었다. 이들은 모두 막고야 산에 살고 있는 나무꾼들이었다. 등에는 빈 지게 하나씩을 지고 있었다. 아침에 나뭇짐을 지고 와 저잣거리에서 팔고 가는 길이었다. 오늘은 돌아가는 길에 남화원에 있는 초원에 들러 친구들을 만나기로 하였다. 친구들이란 다름 아닌 초원의 동자들을 말하는 것이었다.

어느 날 무쇠칼이 막야에게 말하였다.

"그대가 명검이라고는 하나 알아보는 사람이 없으니 무슨 소용이 있겠는가?"

막야는 말이 없었다. 며칠 전에 포정이 죽었던 것이다. 주인을 잃은 막야는 칼집 속에서 녹이 슬고 있었던 것이다. 무쇠칼이 다시 말했다.

"장석이라는 목수는 친구의 코에 토분을 발라놓고 도끼로 깎아낼 수 있었다고 하네. 그러나 친구가 죽고 나자 그 기술도 아무 소용이 없었지. 포정의 손에 들렸을 때 춤을 추고 허공을 갈랐으나, 이제 그가 가고 없어 당신은 칼집에서 나올 날이 없으니 딱한 일이 아닌가?"

"내가 포정을 만난 것은 천운이요, 포정도 나를 만난 것은 천운이었으나 이제 그 운을 다하였으니 누구를 원망하겠는가?"

막야는 이렇게 말하였다. 그리고 포정을 생각하고 한숨을 쉬었다.

옆에 있던 숫돌 여인이 말하였다.

"내 몸에 당신을 갈아보는 것이 소원이었으나 운이 다하였으니 어쩔 수 없는 일이군."

숫돌 여인은 포정을 만나 치마끈을 푸는 것이 소원이었으나 그런 기회가 없었다.

"저것들은 사람의 혼령이 아닌가?"

야마가 말하였다.

"그런가보군. 포정도 영혼을 가지고 가지는 못했나보군."

홍몽의 말이었다.

"그랬나보군."

그때 순풍이 순망과 함께 다가오면서 말하였다.

"막야는 포정의 혼령이요, 숫돌은 현주의 혼령이지만, 그런데 무쇠칼은 누구의 혼령인가?"

"주모 모장의 혼령인 것 같군."

"사람의 혼령이란 모두 쓸모없는 것이군."

"그래서 세상에 버리고 간 것이 아니겠는가?"

야마와 홍풍과 원풍과 순망은 초원의 친구들이었다. 잠시 나들이를 왔다가 돌아가는 길에 무쇠칼과 막야 그리고 숫돌이 함께 이야기를 나누고 있는 모습을 보았던 것이다.

무하공이 말했다.

"참으로 이상한 광경이 아닌가? 무쇠칼과 막야와 숫돌이 모두 죽은 사람의 혼령이란 말인가?"

맹랑 선생이 말했다.

"초원의 친구들이 하는 말이니 믿어야 하지 않겠는가?"

"포정은 몰라도 주막의 모장과 현주는 살아 있는 사람이 아닌가?"

"현주가 푸줏간을 찾고 있는 걸 보면, 포정도 죽은 사람은 아닌 것 같네."

"그러나 저들은 모두 죽은 사람의 혼령처럼 말하고 있지 않은가?"

"그냥 사람의 혼령이라고 하였네."

"혼령에는 죽은 사람과 산 사람의 구별이 없는 것인가?"

"이곳에서는 세월 속의 사람들이 다 나와 다니고 있는데 무슨 구별이 있겠는가?"

"그러면 현주는 어떤 여인인가? 숫돌이 그녀의 혼령이라면,

현주는 정말 숫돌 여인이란 것이 아닌가? 치마끈을 쉽게 푼다는 말도 알 수 없는 것이네."

"주막 여인이라는 것은 사실이 아닌가?"

"그러나 우리가 알고 있는 것이 사실이 아닐 수도 있지 않겠는가?"

"현주가, 현주가 아닐 수도 있다는 말인가?"

"현주는 신녀라고 하네. 신녀가 어떻게 아무 칼이나 가는 숫돌 여인이요, 아무에게나 치마끈을 푸는 그런 여인이겠는가?"

"그렇다네. 알고 있는 것들이 모두 알 수 없는 것들이 되고 있으니 말이네."

서책의 혼령들

부묵이 책을 한 수레 싣고 현명을 찾아갔으나
그는 까막눈이라 글을 읽지 못하였다

부묵이 책을 한 수레 싣고 현명을 찾아갔으나 그는 까막눈이라 글을 읽지 못하였으므로 낙송의 집으로 찾아갔다.

　글 읽는 소리가 담 밖에까지 들려왔다. 뜰로 들어서니 낙송은 대청에서 책을 읽고 있었고 섭허가 옆에서 눈을 감고 듣고 있었다.

　"좋구나. 글 읽는 소리가 낭랑하구나!"

　부묵이 이렇게 말하자 그때야 낙송은 글 읽기를 그치고 부묵을 바라보았고, 섭허는 눈을 뜨고 고개를 돌렸다. 낙송이 말하였다.

　"어디서 그 많은 책을 구했는가?"

　그는 무슨 책이든 읽고 암송하기를 좋아하였으므로 책을 보고는 몹시 반가워하였다.

　"현명을 찾아갔으나 그는 글을 읽지 못하였으므로 이곳으로 가지고 왔지."

하고 부묵이 대답하였다. 그러자 옆에 있던 섭허가 혼잣말처럼 한마디 하였다.

"책을 읽지 못하면 세상일을 하나도 모르겠군."

섭허는 낙송처럼 큰 소리로 읽고 암송할 줄을 몰랐으나, 책을 한번 보면 모든 것을 알았다. 그리고 세상일은 모두 책 속에 있는 것이라고 생각하고 있었다.

두 사람은 책을 읽고 암송하고 토론하는 것으로 세월을 보냈다. 그것이 세상을 위하는 일이라고 생각하였다. 그러나 부묵은 그들을 부러워하면서도 책을 읽는 것이 왜 세상을 위하는 일인지 알 수가 없었다.

부묵은 한참이나 있다가 이렇게 말하였다.

"그렇다네. 현명은 세상일에 대해서는 별로 말이 없었네. 그러나 그를 찾아간 사람들은 모두 많은 것을 얻고 돌아간다더군."

낙송이 물었다.

"무엇을 얻어간다고 하던가?"

"그것은 나도 알 수가 없었네. 그러나 모두들 평안한 마음으로 돌아가고 있더군."

그러자 이번에는 섭허가 말했다.

"평안한 마음은 무엇을 얻었기 때문이 아니라 아무것도 모르고 있기 때문인 걸세. 책을 읽을 줄 모르는 사람에게서 무엇을 얻었겠는가?"

섭허의 말에 부묵은 아무 말도 하지 않았다. 그때 어구가 노래를 부르며 대문 밖을 지나가고 있었다.

글을 읽은 사람은 세상 안에서 살고
글을 모르는 사람은 세상 밖에서 살고 있네
글을 이제 알았으니
어이할고, 어이할고

부묵은 가져온 책을 낙송과 섭허에게 넘겨주고는 급히 밖으로 나왔다. 멀지 않은 곳에서 어구는 춤을 추며 걸어가고 있었다. 부묵은 따라가 그에게 다가서며 물었다.

"그대는 어찌하여 책 읽은 것을 후회하고 있는가? 책 속에 무엇이 들어 있었단 말인가?"

어구는 걸음을 멈추고 부묵을 돌아보며 말하였다.

"자네는 책을 만들고 있는 부묵이 아닌가?"

"나는 책을 만들어 팔고는 있으나 무엇이 있는지는 알지 못하네. 글을 읽지 못하기 때문일세. 그러나 낙송과 섭허는 책을 읽지 못하면 세상일을 모른다고 했네. 책 속에는 정말 세상 모든 일이 들어 있는 것인가?"

부묵은 책을 만들어 팔러 다니기는 했으나 책 속의 글자를 한자도 읽지 못하였다. 그러나 글을 읽는 사람들이 모두 책을 소중히 여겼으므로 자기도 그것을 대단한 것으로 여기고 있었을 뿐이었다.

"그렇다네. 세상 일이 책 속에 다 들어 있다네."

"그런데 왜 책 읽은 것을 후회하고 있단 말인가?"

그러나 어구는 그 말에는 대답을 하지 않았다. 그리고 한참이나 있다가 이렇게 물었다.

"자네는 현명에게 책을 팔러 가본 일이 있는가?"

"낙송의 집에 가기 전에 그에게 들른 일이 있네. 그러나 그는 아무 말도 하지 않았네."

현명은 정말 아무 말도 하지 않았다.

"현명이 무슨 말을 하겠는가? 그는 처음부터 글을 모르는 사람이었네."

하고는 더 말을 하지 않고 어구는 가버렸다. 부묵이 발걸음을 옮기려는데 저만큼 첨명이 걸어오고 있는 것이 보였다. 그 뒤를 수역이 몹시 지친 모습으로 따르고 있었다.

"방금 떠나간 사람은 어구가 아니던가?"

다가온 첨명이 이렇게 물었다.

"그렇다네. 그는 현명을 만나고 크게 깨달은 바가 있는 사람 같았네."

수역이 물었다.

"무슨 말을 하던가?"

"글을 알게 된 것을 후회하고 있더군."

부묵이 이렇게 말을 하자 첨명은 수역을 돌아보며 이렇게 말하였다.

"내가 무어라고 하던가? 현명을 만나보는 일은 부질없는 일이네. 어구가 저리된 것은 그를 낳기 때문일세. 그는 실성하여 노래만 부르고 다니지 않는가?"

첨명은 책을 읽고 지혜를 터득한 사람이었고, 수역은 책에 있는 모든 것을 실천하느라고 피골이 상접해 있는 사람이었다. 그들은 모두 책을 소중하게 여기고 있었다. 그들은 낙송의 집에 가는 길에 부묵을 만난 것이었다.

"그는 노래를 부르고 다니기는 했으나 실성한 사람 같지는 않았네. 다만 아는 것을 버리려 하는 것 같더군."

하고 부묵은 어구의 행동이 조금도 이상하지 않더라는 말을 하였다.

"그렇지 않네. 그대는 나와 수역을 보지 못하는가? 세상에서 나를 지혜 있는 사람이라 하는 것은 책을 많이 읽은 때문이요, 사람들이 수역을 보고 실천가라고 하는 것은 책에 있는 내용을 몸소 옮기고 있는 때문일세. 어구가 책을 멀리하고 저러고 다니는 것은 현명을 만난 때문이 아니겠는가?"

첨명은 모든 지혜가 책에서 나온다고 했고, 수역은 세상에서 할 일은 책에 있는 것을 실천하는 것밖에는 없다고 하였다.

"지혜라는 것이 좋은 것인가? 그리고 세상일은 책 속에 있는 것을 실천하는 것인가?"

하고 부묵이 물었다. 그는 왠지 첨명이 지혜를 가지고 찾아다니는 일은 임금을 부추겨 전쟁을 하게 하는 일이요, 수역은 되지도 않는 일을 실천하느라고 몸을 가누지 못할 정도로 힘들게 살아가고 있다는 생각이었다. 그리고 사람들은 그들을 별로 존경하고 있는 것 같지도 않았다. 그때 수역이 말했다.

"첨명은 어디를 가나 환영을 받고 있네. 그것은 첨명의 지혜로 싸움을 하고 경쟁을 하면 남을 이길 수 있기 때문일세. 그러나 나는 책에 있는 대로 실천하려고 하나 사실은 그대로 되는 일이 없었네. 그래서 늘 이렇게 근심을 가지고 살고 있다네. 나는 내가 하는 일을 잘 모르겠네."

그는 온몸이 피로에 젖었고, 얼굴에는 수심이 가득 차 있었다. 그는 책에 대해서 첨명만큼 신뢰를 가지고 있는 것 같지 않았다.

부묵은 그들과 함께 다시 낙송의 집으로 돌아왔다. 섭허가 첨명을 보고 물었다.

"그대는 오늘 누구를 만나보았는가?"

"위나라 혜왕을 만나고 오는 길이네. 그러나 그는 맹가와 이야기를 하면서 내 말에는 별로 귀를 기울이지 않았네."

하고 청명이 대답하였다.

"환영을 받지 못했단 말인가? 자네의 지혜가 맹가만은 못했던 모양이군."

섭허의 말을 듣고 첨명은 다소 기분이 상했다.

"맹가의 지혜는 별것이 아니었네. 인과 의에 대해서 말하고 있더군. 다만 목소리가 나를 좀 압도하고 있었을 뿐이었네. 그러나 그를 보내고 나서 혜왕은 흡족한 표정은 아니더군. 오히려 나더러 한 번 더 찾아와 줄 수 없겠느냐고 부탁을 하였네."

첨명은 맹자의 말이 좀 허황하더란 이야기도 하였다.

낙송이 말하였다.

"맹가는 책을 많이 읽고 말도 잘한다고 들었네. 그러나 자네의 지혜만이야 하겠는가? 다음에는 섭허를 데리고 가는 것이 좋겠군."

그러나 첨명은 이렇게 말하였다.

"섭허는 모든 것을 알고 있으나 나라를 다스리는 데는 술수를 부릴 수 있는 지혜가 따로 있어야 하네."

그러자 수역이 말했다.

"지혜가 있어도 좋지만 덕이 있어야 하고, 덕이 있어도 좋지만 실천을 해야 한다고 들었네. 낙송은 암송은 잘하지만 글 뜻을 모르고, 섭허는 글 뜻을 알지만 지혜가 없고, 첨명은 지혜가 있지만 덕이 없고, 맹가는 덕이 있지만 실천이 없었네. 모두들 책을 좋아하다가 그리된 것이 아닌가? 나도 이제는 책에 대하여 어찌해야 하는지 조금은 혼란스럽네."

수역은 책에 있는 대로 실천하려 하였으나 아무것도 되는 것이 없었으므로 이렇게 말하였다.

지금까지 말을 하지 않고 듣고만 있던 부묵이 이런 제안을 하였다.

"우리가 현명을 한번 만나보는 것이 어떻겠는가?"

그는 책을 한 수레 싣고 찾아갔으나 현명은 거들떠보지도 않았다. 부묵은 돌아와 세상일을 모두 잊고 앉아 있던 현명의 모습을 떠올렸다. 현명은 세상 밖에서 노닐고 있던 것이다. 어구도 그것을 본 모양이었다.

"그를 만나서는 안 되네. 저 실성한 어구를 보지 못했는가?"

첨명은 부묵의 제안을 듣고 펄쩍 뛰면서 말했다.

"현명은 책을 읽지 못한다고 하지 않았는가? 그를 만나 무엇을 하겠는가?"

섭허도 첨명과 같은 생각이라는 듯이 말하였다.

그때 어구가 노래를 부르며 다시 대문 밖을 지나가고 있었다.

이미 글을 알았으니 현명을 만나본들 무슨 소용이 있겠는가

모장의 주막에 찾아가 무심주에 취하면 모를까

무심주에 취하면 모를까

아무도 어구의 노랫소리에 귀를 기울이는 사람이 없었다. 부묵의 얼굴을 바라보고 있는 수역은 왠지 마음이 흔들리고 있었다.

며칠 후 수역은 부묵을 찾아갔다. 부묵은 일을 하다 말고 초췌한 얼굴의 수역을 바라보았다.

"현명을 만나볼 수 있겠는가?"

수역이 말을 하자 그가 찾아온 까닭을 알고 있는 부묵은 이렇게 말하였다.

"나도 책 만드는 일을 그만둘까 하네. 먹물이 세상을 덮으면 하늘의 해마저 가릴 것 같더군. 천하가 어두워진 다음에 등불을 밝힌다 한들 무슨 소용이 있겠는가?"

부묵은 책을 펴놓고 글자 하나하나를 지우고 있었다.

부묵이 하는 일을 보고 수역이 말했다.

"마음속에 있는 글자도 지울 수 있겠는가?"

부묵은 그 말을 듣지 못한 듯 대답을 하지 않았다.

부묵이 수역과 함께 현명을 찾았을 때 현명은 집에 있지 않았다. 동자의 말은 스승이 찾아와 모장의 주막으로 함께 술을 마시러 갔다는 것이었다.

"현명의 스승은 누구인가?"

부묵은 이렇게 물었으나 동자는 씩 웃고는 아무 말도 하지 않고 그냥 들어가버렸다.

"현명도 스승이 있단 말인가?"

수역이 부묵에게 묻는 말이었다.

"나도 처음 듣는 일이라 당혹스럽군. 하기야 스승 없는 사람이 어디 있겠는가? 그러나 놀라운 일이군."

동자는 다시 나올 생각을 하지 않고 있었으므로 더 묻지 못하고 부묵과 수역은 발길을 돌렸다. 모장의 주막으로 찾아갈까 하였으나 이튿날 다시 찾아오기로 하고 두 사람은 돌아왔다.

날이 저물었으므로 수역은 그날 밤을 부묵의 집에서 함께 묵었다. 다시 찾았을 때 현명은 스승이라는 사람과 함께 있었다. 그러나 부묵과 수역은 말을 붙여보지도 못하고 물러났다. 두 사람은 옷도 걸치지 않고 벌거벗은 몸으로 서로 다리를 올려놓은 채 대청 마룻바닥에서 잠을 자고 있었던 것이다. 동자의 말이 저렇게 한번 잠이 들면 하루 이틀은 보통이어서 언제 깨어날지 모른다는 것이었다. 설사 깨어난다 하더라도 현명이 의시와 함께 있을 때는 아무도 만나지 않는다고 했다. 함께 자고 있는 의시는 현명의 스승이기도 하고, 친구이기도 하다는 말도 하였다.

"자네는 두 사람이 자는 모습을 보았는가? 마치 고목이 넘어져 있는 것 같았네."

하고 수역이 말하였다. 부묵도 같은 생각이었으나 아무 말도 하지 않았다. 현명과 의시가 잠을 자고 있는 것이 아니라, 정말 거대한 나무 두 토막이 마루에 놓여 있는 것 같았다.

두 사람은 오다가 주막에 들러 현명과 의시에 관하여 물었다. 주막의 주모 모장은 현명을 잘 알고 있었으나 의시에 관해서는 모른다고 하였다. 그러나 엊저녁 술을 먹으면서 의시는 현명과 다음과 같은 대화를 나누더라는 것이었다.

현명: 먹물을 먹은 사람은 천하를 그르치고, 먹물에 빠진 사람은 몸을 가누지 못하니 어찌하겠는가?

의시: 먹은 먹물을 토해내기란 쉬운 일이 아니요, 빠진 먹물에서 나오기란 더욱 힘든 일이네.

현명: 어찌하면 좋겠는가?

의시: 모장이 주막을 연 까닭을 저들이 어찌 알겠는가? 모장에게 물어보게나.

부묵과 수역은 모장에게 무심주 한 사발씩을 얻어먹을 수 있었다.

그날 이후로 수역은 고달픈 일을 그만두었는지 보이지 않았고, 부묵은 책 만드는 일을 버리고 자취를 감추고 말았다.

그로부터 책에 있는 것은 세상에 실천된 일이 없었고, 남아 있는 책은 천하를 그르치는 일에만 쓰였다.

낙송과 첨명과 섭허는 그것을 알고 있었으나 수역과 부묵을 찾지 않았다. 세상에서는 아무도 그를 찾지 못했다.

무하공이 말했다.

"저들은 모두 사람이 아니군. 서책의 혼령들이군."

맹랑 선생이 말했다.

"부묵과 낙송 그리고 섭허는 전에 만난 일이 있지. 나머지는 처음 보는 혼령들이군."

"어구는 전에 거리를 돌아다니던 광대의 혼령인 것 같군."

"그렇군. 책을 많이 읽은 것을 후회하고 있으니 모든 것이 먹물 탓이라고 춤을 추고 다니던 바로 그 광대로군."

"그리고 첨명은 광대가 되기 전 맹랑 선생 그대의 모습이 아니던가?"

"전에 거리에서 부묵을 만났을 때 세상의 모든 것이 책 속에 있다고 하던 것은 바로 저 첨명의 말을 전한 것이었군."

"책을 벗어나서는 풀 한 포기 나무 한 그루도 있을 수 없다고 했지. 진리가 들어 있는 것이라 책이 무겁다고도 했지."

"그런데 그 부묵이 책 만드는 일을 그만두고 책에 있는 글자들을 모두 지우고 있지 않은가?"

"그리고 수역과 함께 세상에서 자취를 감추었으니 그들은 먹물을 씻은 모양이네."

"그런데 먹물을 먹은 사람이 세상을 그르치고 있다고 말하던 현명과 의시는 누구인가? 서책의 혼령 같지는 않은데."

"그보다도 모장의 주막에서 팔고 있다는 무심주는 어떤 술인가? 나루를 건널 때 함께 배를 타고 오던 그 여인들도 무심주 이야기를 하고 있었네."

"현명과 의시는 바로 그 무심주의 혼령인가 싶네."

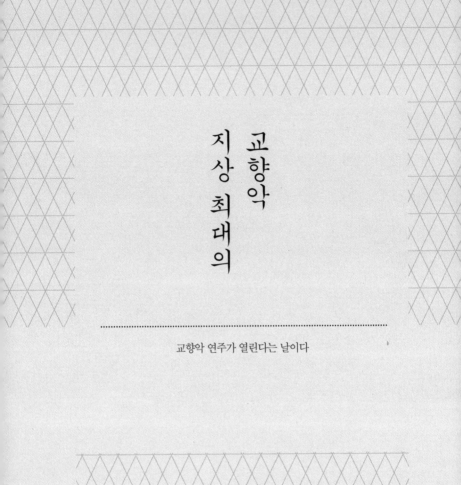

교향악
지상 최대의

교향악 연주가 열린다는 날이다

지상 최대의 교향악 연주가 열린다는 날이다. 아침 일찍부터 모여들기 시작한 청중은 한낮이 되자 막고야 산의 계곡을 가득 메웠다.

　해가 지고 어둠이 깔리기 시작하였다. 연주 시간이 점점 다가오고 있었다. 강기슭의 풀밭이며, 바위 언덕 골짜기 구석구석마다 청중은 입추의 여지가 없었다. 이 역사적인 연주를 듣기 위하여 먼 곳은 일주일 전에, 더러는 달포 전에 떠나 지금에서야 막 도착했다는 사람도 있었다. 소문, 사광, 백아, 종자기는 말할 것도 없고, 세상에서 내로라하는 악인들, 음악 애호가들은 빠짐없이 모여들었다. 뿐만이 아니었다.

　『시경』을 다듬고 『악경』을 편찬했다는 공자는 맹자와 더불어

삼천 제자를 이끌고 맨 앞에 자리 잡고 있었고, 한비자, 양주, 묵적이 보이는가 하면, 추연, 허행이 보이고, 손자, 오자, 혜시, 공손룡도 거적을 들고 앉을 자리를 찾아 서성거리는 모습이 보였다. 이들은 모두 자기가 성자나 현자인 체하는 지식인들로 사람이 모이는 곳이면 천리를 마다 않고 찾아다니며 지식을 팔아먹어야 직성이 풀리는 사람들이었다.

그중에서도 공자와 맹자는 서로 의기가 맞아 시골 장날은 물론이요 구석진 촌락의 생일잔치까지, 사람이 모이는 곳이면 찾아다니지 않는 곳이 없었다. 혜시와 공손룡은 만나는 사람마다 억지를 부리고 트집을 잡아 시비를 일삼는 무리들이요, 양주는 머리카락 한 오라기의 소유를 확인하기 위해 열을 올리는 사람이었다. 묵자는 골목 안의 거지 불량배들을 모아놓고 자기를 아버지처럼 여기라고 종용하기에 바쁜 사람이었다. 손자와 오자는 왈패들 속에 몰려다니며 병장기들을 빌려주고 싸움질하는 법을 가르쳤고, 한비자와 상앙은 사람 잡는 족쇄와 덫 그물을 만들어 팔았으며, 그 밖의 많은 사람들도 마찬가지로 모두 나름대로의 자기 지식을 팔아먹기에 여념이 없었다.

그 바쁜 중에도 그들이 오늘 이 막고야 산에 이렇게 모여든 것은 지상 최대의 교향곡 천뢰악 연주를 들어보겠다는 생각에서였다. 그리고 그중의 몇몇 사람은 군중이 많이 몰려들리라는 예측 하에 나름대로 계산과 욕심이 있는 때문이기도 하였다. 그러나 이상하게도 노자와 장자의 모습은 보이지 않았다.

연주 시간이 다가오는 모양이었다. 웅성거리던 청중이 조용해지고 모두 무대 쪽을 바라보았다. 수백 길 깎아지른 절벽이 병풍처럼 둘러쳐 있고, 그 뒤에 수백 아름의 소나무 하나가 구름처럼 드리워져 있었다. 그 아래 운동장처럼 깔려 있는 넓은 반석이 무대였다. 역사적인 천뢰악 연주는 이제 이 무대 위에서 행해질 예정이었다.

달이 소나무 가지에 걸려 무대 뒤편의 절벽을 비추고 있었다. 그것이 반사되어 무대 주위를 환하게 조명해주고 있었다. 달빛은 무대를 한없이 크게 만들기도 하고, 공중으로 떠올라 하늘 한복판에 떠 있는 것처럼 만들기도 하였다.

어디선가 서서히 바람이 불어오기 시작하였다. 막고야 산이 숨을 쉬는 것인지 한들한들 살랑살랑 나뭇잎이 흔들리기 시작하였다. 곧이어 쏴아 하는 소리와 함께 풀잎은 풀잎대로 가지는 가지대로 흔들리기 시작하였다. 바위가 울고 나무 밑동이 흔들렸다. 온갖 소리가 하나로 합해지고 천 가지 만 가지로 갈라지면서 무서운 소리를 내기 시작하였다. 소리란 소리는 다 살아나 울부짖고 있었다.

우는 소리, 웃는 소리, 외치는 소리, 깔깔대는 소리, 통곡하는 소리, 흐느끼는 소리, 왁자지껄 하는 소리, 싸우는 소리, 분노하는 소리, 아기 우는 소리, 달래는 소리, 웅성거리는 소리, 훌쩍이는 소리, 꾸짖으며 질타하는 소리, 비웃는 소리, 숨 쉬는 소리, 한

숨짓는 소리, 소곤거리는 소리, 코고는 소리, 울부짖는 소리, 신음하는 소리, 발자국 소리, 신발 끄는 소리, 마차 지나가는 소리, 뛰어가는 소리, 문 여닫는 소리, 물건 떨어지는 소리, 화살이 시위 떠나는 소리, 과녁 맞추는 소리, 물 빠지는 소리, 비오는 소리, 번개 치는 소리, 천둥 우는 소리, 우르릉 와르릉, 우우 하는 소리가 나면 와아 하는 소리가 났다. 소리란 소리는 다 살아났다.

청중은 넋을 잃어가고 있었다. 소문 백아는 거문고 줄을 끊고 사광은 북채를 꺾었다. 공자는 울고, 그 제자는 흐느끼며 훌쩍이고 있었다. 묵자도 입을 벌린 채 죽은 고목처럼 굳어 있었고, 한비자는 백지장처럼 창백한 얼굴로 겁에 질려 있었다. 혜시와 공손룡은 벙어리가 되어 말을 잃었고, 손자와 오자는 병장기를 떨어뜨린 채 다시 주워들 생각을 못하고 있었다.

모든 청중은 처음에는 말을 잃었고, 다음에는 마음을 잃었다. 그리고는 서로를 잃고, 자기를 잃어가고 있었다. 생각을 잃고, 시비를 잃고, 지혜를 잃고, 분별을 잃고, 선악을 잃고, 호오를 잃고, 그들이 가지고 있던 모든 것을 잃었다.

막고야 산이 조용해지고 연주는 서서히 멈추었다. 청중들은 다시 웅성거리기 시작했다.

맹자가 갑자기 미친 사람처럼 일어나 소리를 질렀다.

"사기다. 이것은 사람을 속이는 일이다. 음악이 아닙니다."

공자는 아무 말이 없었으나 눈살을 한번 찌푸리고 나서는 이

내 다시 멍한 모습으로 돌아와 있었다. 몇몇 제자들이 다가와 공자를 에워쌌다. 맹자는 아직도 마음을 삭이지 못한 듯 몹시 분개한 낯빛으로 다가와 앉으며, 아무 말도 하지 않고 앉아 있는 스승에게 원망스러운 눈길을 보내고 있었다. 안회는 조심스럽게 공자의 표정을 살폈고, 증삼은 지고 온 『악경』을 내려놓은 채 선생님 앞에 앉기가 황공스러운 듯 몸 둘 바를 모르고 안절부절 못하고 있었다.

공자는 예전의 모습이 아니었다. 눈으로는 아무것도 보지 않고 있었고, 귀는 아무것도 듣지 않고 있었으며, 마음은 아무것도 생각하지 않고 있었다. 전에는 한 번도 이런 모습을 보인 적이 없었다.

안회는 스승의 마음을 헤아릴 길이 없어 어떻게 받들어야 할지 몰랐다. 조심스럽게 그리고 몹시 어렵게 입을 열었다.

"선생님 맹자의 말이 너무 지나친 것인가요? 아니면 음악이란 원래 저런 것인가요? 선생님이 편찬하신 『악경』에는 분명 음이 있고, 율이 있으며, 음과 양이 있고, 궁·상·각·치·우의 절이 있습니다. 그리하여 살릴 것은 살리고, 죽일 것은 죽이고, 높일 것은 높이고, 낮출 것은 낮추고, 모이고 흩어짐이 있어 조할 것은 조하고, 화할 것은 화하고, 파할 것은 파하고, 절할 것은 절하여, 유무를 나누어 시비를 분명히 하고 호오를 갈라 애락을 분명히 하여 성정을 온전히 하려한 것이 『악경』이 아니겠습니까? 그런데 저 천뢰악이라는 음악은 한 가지도 죽이는 것이 없고, 한 가지도 파하는 것이 없으며, 만 가지 소리 천 가지 음을 다 살려내고 있습니다."

"그거야, 바로 그거야."

신음 비슷한 소리를 지르며 공자는 비로소 평상의 마음으로 돌아온 듯 제자 안회에게로 시선을 돌렸다. 눈빛은 동공이 제자리를 찾아 사물을 꿰뚫기 시작했고, 시비를 분명히 하려는 마음이 얼굴에 나타났다. 그리고 세상을 근심하는 우환의 그림자가 공자 본래의 모습으로 돌아가게 하고 있었다.

"이것은 분명 사기야. 음악이 아니야."

공자가 본래의 모습으로 돌아오자 맹자는 다시 용기를 얻어 아까보다 더 큰 소리를 질러댔다. 그 소리가 얼마나 컸던지 막고야산의 온 계곡을 울리게 하였고, 제각기 모여 앉아 나름대로 열변을 토하고 앉아 있던 사람들이 그 바람에 모두 공자가 있는 쪽을 향하여 돌아앉거나 더러는 달려와 말참견을 하기 시작하였다.

"아까 소문 선생은 거문고 줄을 끊고, 사광 선생은 북채를 꺾었습니다. 음악의 천재요 음률의 신인이신 소 선생과 사 선생이 다시는 거문고와 북채를 잡지 않을 생각으로 앉아 있습니다. 백아와 종자기 선생도 마찬가지입니다. 참다운 음악은 오늘로 세상에서 사라지나 봅니다. 다시는 전해질 길이 없어지고 말았습니다."

자기보다 더 큰 인뢰를 안고 있던 늙은 악공 한 사람이 한숨 섞인 소리로 하는 말이었다. 그는 소문을 따라 다니고 때로는 종자기를 따라다니면서 그 문하에서 일생을 다 보낸 사람이었으나 아직도 그 신악의 묘한 이치를 다 터득하지 못하고 있었다. 그는 소문의 동생이라는 말도 있고, 그의 아들이라는 말도 있으나 확실치는 않았다.

"『악경』이 있다네. 우리 선생님이 편찬한『악경』이 있다네."

아까부터 황공스러워 감히 공자 앞에는 앉지도 못하고 엉거주춤 서 있기만 하던 증자가 악공의 말을 받아 위로하듯이 하는 말이었다. 그러나 그는 혹시나 자기가 주제넘은 말을 하지 않았는가 하여 스승의 표정을 살피고 있는 중이었다.

"아닐세, 아닐세. 소문이 거문고 줄을 끊었고, 사광이 북채를 꺾었으니『악경』이 무슨 소용이 있으리.『악경』이 무슨 소용이 있으리."

공자는 증삼이 지고 온『악경』을 가져오라 하여 한 권 한 권 죽간을 뽑아내어 부러뜨리기 시작하였다. 그러자 한비자는 족쇄를 버리고, 손자와 오자는 병장기를 내던졌다. 혜시는 시비를 버리고, 공손룡은 말을 버리고, 묵자는 사랑을 버리고, 순자는 이름을 버리고, 양주는 자기를 버리고, 추연은 산가지를 집어 내던졌다.

갑자기 어디선가 도척이 도끼를 휘두르며 나타났다. 그리고는 버려진 물건들을 주섬주섬 담아 모두 훔쳐 가지고 달아나버리는 것이었다.

그때 장자가 노자를 데리고 무대 위를 올라오더니 노래를 불렀다.

잘 하는구나, 잘 하는구나
얻은 것이 없었으면 버릴 것도 없었으리
얻은 것이 없었으면 버릴 것도 없었으리

두 사람은 덩실덩실 춤을 추고 돌아가면서 서로 노래를 주고
받았다.

장자: 하늘이 피리를 불고 땅이 장단을 치니
노자: 소리는 절로 나네, 소리는 절로 나네
장자: 노래를 누가 부르나, 노래를 누가 부르나
노자, 장자: 나는 몰라, 나는 몰라, 그것을 알아 무엇 하리

맹자는 무대를 향해 사기꾼이라고 계속 소리를 질러대고 있었
으나 아무도 그에게 관심을 가져주는 사람이 없었다.
천뢰악 제2곡 연주가 다시 서서히 시작되고 있었다.

무하공이 말했다.
"공자가 『악경』의 죽간을 모두 꺾어버리는군."
맹랑 선생이 말했다.
"천뢰악을 듣고 인뢰악의 한계를 생각한 모양이군."
"천뢰와 인뢰가 무엇이 다른가?"
"소리란 소리는 다 살려내는 것이 천뢰라면, 살리는 소리보다
죽이는 소리가 더 많은 것이 인뢰가 아니겠는가?"
"소리는 무한한 것이네. 어떻게 다 살려낸다는 것인가?"
"죽이는 소리가 없으면 다 살아나는 것이 아니겠는가?"

포토 ⓒ 김동우

지은이 · 송항룡 宋恒龍

경기도 가평군 산촌에서 살고 있는 필자는 1938년 평안북도 박천에서 태어났다. 해방되던 해 경상북도 풍기로 내려와 소년 시절을 서당에서 보내다가 6.25때 서울로 올라왔다. 성균관대학교에서 동양철학을 전공하여 철학박사가 된 후, 단국대학교 교수를 거쳐 성균관대학교에서 정년을 맞았다. 동양철학회장, 도가철학회장 등을 역임했다.

지은 책으로『한국도교철학사』,『동양인의 철학적 사고와 그 삶의 세계』,『장자의 사유와 수필 세계』,『맹랑 선생전』,『남화원의 향연―이야기 장자 철학』,『시간과 공간 그리고 지금 바로 여기』,『노자가 부른 노래』,『노자를 이렇게 읽었다』등이 있다.

상상서사 01
想像敍事

맹랑 선생, 그는 광대였다

1판 1쇄 발행 2017년 10월 30일
1판 2쇄 발행 2017년 12월 30일

지은이 | 송항룡
펴낸이 | 정규상
책임편집 | 현상철
편집 | 신철호·구남희
마케팅 | 박정수·김지현

펴낸곳 | 성균관대학교 출판부
주소 | 03063 서울특별시 종로구 성균관로 25-2
등록 | 1975년 5월 21일 제1975-9호
전화 | 02)760-1252~4 팩스 | 02)762-7452
홈페이지 | http://press.skku.edu

ISBN 979-11-5550-246-4 03810
값 15,000원